DROIT AU BUT 1

Les Flammes de Mars

Gordon Korman

DROIT AU BUT 1

Les Flammes de Mars

Couverture de
Greg Banning

Texte français d'Isabelle Allard

Catalogage avant publication de Bibliothèque et Archives Canada

Korman, Gordon
[Stars from Mars. Français]
Les Flammes de Mars / Gordon Korman;
texte français d'Isabelle Allard.

(Droit au but ; 1)
Traduction de : The Stars from Mars.
Pour les jeunes de 8 à 12 ans.

ISBN 978-0-439-94215-7

I. Allard, Isabelle II. Titre. III. Titre: Stars from Mars. Français
IV. Collection: Korman, Gordon. Droit au but ; 1.

PS8571.O78S7714 2008   jC813'.54   C2008-900745-X

Édition publiée par les Éditions Scholastic, 604,
rue King Ouest, Toronto (Ontario) M5V 1E1.

6 5 4 3 2   Imprimé au Canada   08 09 10 11 12

À Lord Stanley;
merci pour la coupe

Chapitre 1

Une équipe Cendrillon.

Il n'y a pas plus beau sujet pour un journaliste sportif, qu'il travaille pour *Sports Mag* ou la *Gazette* de l'école élémentaire de Bellerive. Malheureusement, je travaille pour la *Gazette*. Salaire : zéro dollar. Mais je sais qu'un jour, je travaillerai pour un magazine bien connu ou pour la télévision. Tout ce qu'il faut, c'est beaucoup de travail... et un peu de chance.

L'aspect chance consiste à trouver un sujet sur lequel écrire : un grand athlète, une saison surprenante, un entraîneur hors du commun ou, mieux encore, une équipe Cendrillon qui fait une remontée.

C'est difficile. Certains journalistes n'ont jamais leur grand moment. Heureusement pour moi, quand je me suis réveillé ce matin-là, les désavantagés parfaits me sont pratiquement tombés dans les bras.

J'avais dû interrompre ma consommation de gros bonbons durs (vous savez, ces bonbons monstrueux qu'on peut sucer pendant des heures et des heures), et j'étais donc de mauvaise humeur... jusqu'à ce que j'entende la nouvelle. Un babouin n'aurait pas pu passer à côté. Tout le monde dans l'autobus était énervé et criait à tue tête. J'étais étonné que notre chauffeuse, Mme Costa, ne perde pas le contrôle de son véhicule.

Après plusieurs années d'essai, notre ville allait enfin avoir son équipe de hockey dans la Ligue Droit au but de Bellerive. Voyez-vous, nous fréquentons l'école élémentaire de cette ville; nous utilisons ses services de police et d'électricité, ainsi que sa bibliothèque publique, mais nous ne vivons pas à Bellerive. Notre village, qui se trouve de l'autre côté d'un petit canal, s'appelle Mars. S'il vous plaît, pas de blagues au sujet des Martiens. Nous les avons toutes entendues, surtout de la bouche des enfants de Bellerive.

— Une équipe de Mars? ai-je demandé d'un ton sceptique. Êtes-vous certains?

J'étais agité et de mauvaise humeur. Mon gros bonbon à la réglisse me manquait terriblement. J'avais toujours l'habitude d'en manger un après le déjeuner. Je pouvais voir mon reflet dans la fenêtre sale de l'autobus et j'avais du mal à me reconnaître sans la grosse boule qui faisait habituellement gonfler ma joue. Est-ce que tout le monde allait encore m'appeler « Tamia », même si je ne mangeais plus de ces bonbons? En fait, mon vrai nom est Clarence,

2

et je le déteste.

— Mon père était à la grande réunion, a expliqué Jean-Philippe Éthier. Il l'a entendu de ses propres oreilles. Certains membres de la ligue ont voté contre la proposition, mais elle a été acceptée quand même. Nous faisons partie de la ligue!

Un cri enthousiaste a jailli de toutes les bouches dans l'autobus. Nous, les Marsois, avons toujours eu l'impression d'être des citoyens de deuxième ordre à Bellerive.

— Ils nous ont maintenus à l'écart tellement longtemps, a dit Jonathan Colin. Je me demande pourquoi ils ont changé d'idée...

— Tu veux rire? s'est écrié Jean-Philippe. Comment pouvaient-ils dire non? Le gars qui va nous entraîner est un ancien joueur de la LNH! Aucune équipe de Bellerive ne peut se vanter d'avoir un tel avantage!

Jonathan s'est penché en avant :

— Un vrai joueur de hockey? Ici, à Mars?

J'ai sorti mon carnet de journaliste, que j'ai toujours sur moi. Qui sait quand un gros scoop va se présenter? Et cette histoire promettait d'être *sensationnelle*!

— Qui est-ce? ai-je demandé en retenant mon souffle. Guy Lafleur? Yvan Cournoyer?

Jean-Philippe a écarté les bras d'un air grandiose, comme s'il allait annoncer le nom du gagnant du prix Nobel :

— Le seul et unique Boum Boum Blouin!

Je suis resté figé, le crayon à quelques centimètres du carnet. J'ai oublié que le dentiste m'avait obligé à abandonner les bonbons durs et j'ai refermé les mâchoires sur un bonbon inexistant. Mes molaires se sont entrechoquées comme les mâchoires d'un piège à ours. Je me suis pratiquement défoncé les tympans.

— Aïe!

Les éclats de rire ont fusé autour de moi.

— Non, sérieusement, a insisté Jonathan qui est un maniaque de hockey. Qui est Boum Boum Blouin?

Jean-Philippe a haussé les épaules :

— Je n'en ai jamais entendu parler. Mais il a vraiment fait partie de la LNH dans les années 1970. Les gars, on a tout pour nous!

— On n'a rien du tout, a fait la voix douce mais ferme d'Alexia Colin, la sœur jumelle de Jonathan.

Il y a eu un silence. Tout le monde s'est tourné vers Alexia. Son truc, c'est une espèce de réglage de volume inversé. Quand elle a quelque chose d'important à dire, elle baisse le ton. Et lorsqu'elle parle de hockey, nous l'écoutons. Elle est la meilleure joueuse de Mars.

— Réfléchissez! nous a-t-elle dit de sa voix normale. Ils ne veulent pas de nous. J'ai entendu dire qu'il y avait beaucoup de protestations et de cris à la réunion quand ils ont voté. Et ça, c'était seulement les adultes! Pensez à la réaction des *jeunes* de Bellerive. Pourquoi devrions-nous entrer dans la ligue pour devenir la risée des autres équipes? Ils s'en donneront à cœur joie et n'auront pas fini de nous traiter de Martiens, de crétins de l'espace ou de gagas de la galaxie!

— Gagas de la galaxie! a ricané Carlos Torelli. Elle est bonne! Ah! ah!

Ce gars-là rirait même en lisant un panneau d'arrêt à un carrefour.

Jonathan lui a donné un coup de sac à dos sur la tête.

— Alors, si vous voulez vous faire insulter, libre à vous! a poursuivi Alexia. Mais ne comptez pas sur moi!

Jean-Philippe a toussoté.

— Euh, en fait, je suis plutôt soulagé que tu dises ça, Alexia. La Ligue Droit au but de Bellerive n'accepte que les garçons.

Nous avons tous retenu notre souffle. Alexia n'allait sûrement pas aimer ça.

L'autobus a pris un virage dans un gémissement d'amortisseurs et de ressorts. Que n'aurais-je pas donné pour le réconfort d'un gros bonbon dur au citron!

Lorsque Alexia a repris la parole, elle parlait si bas que seuls ceux qui étaient près d'elle l'ont entendue :

— Je vous verrai cet après-midi à l'entraînement.

Mon instinct de journaliste m'a poussé à insister :

— Est-ce que ça veut dire que tu as l'intention d'aller à l'encontre du règlement?

— Ce genre de règlement est illégal, a répondu Alexia. La Ligue Droit au but de Bellerive ne comprend que des garçons parce qu'aucune fille n'a jamais voulu y entrer. Jusqu'à aujourd'hui.

J'ai dessiné une étoile dans la marge de mon carnet. Je ferais mieux d'avoir Alexia à l'œil. Même si les membres de la ligue ne pouvaient pas s'opposer à son admission, ils ne l'accepteraient sûrement pas de bon cœur...

L'autobus est entré dans le terrain de stationnement de l'école et Mme Costa nous a lancé sa farce plate quotidienne :

— Nous entrons maintenant dans l'atmosphère terrestre. Préparez-vous pour l'arrimage à la base de lancement de Bellerive!

Carlos s'est frappé le genou :

— La base de lancement de Bellerive! a-t-il répété en gloussant. Elle est tellement drôle, vous ne trouvez pas?

— Non, lui a répondu Alexia.

— Je me demande si les autres élèves sont au courant, ai-je dit en balayant la cour d'école du regard.

Au même moment, une grosse tomate bien mûre a explosé comme une grenade sur le pare-brise de l'autobus.

— On dirait bien que oui, a dit doucement Alexia.

Mme Costa a actionné les essuie-glaces, qui ont étendu une matière orange visqueuse sur les vitres.

— Attendez donc un peu, a dit Jonathan en fronçant les sourcils.

Il a compté rapidement les joueurs de hockey présents dans l'autobus.

— Même en incluant Alexia, nous ne sommes que neuf, a-t-il conclu.

Carlos a étendu le bras et m'a tapoté l'épaule.

— Tamia, tu dois t'inscrire.

— Non, ai-je aussitôt répondu.

Je ne suis pas très porté sur les sports. En fait, je suis nul. Je suis même une référence en matière de nullité athlétique. Pourtant, ce n'était pas la raison de mon refus. Vous n'avez qu'à penser à toutes les entrevues télévisées qui ont lieu dans les vestiaires sportifs. Les athlètes boitent, suent et sont couverts de bleus et d'éraflures. Puis arrive le journaliste : fringant, décontracté, bien coiffé. Il prend quelques notes, puis s'en va manger un bon repas dans un grand restaurant avant de prendre un avion vers une autre ville et un autre match. À d'autres l'excitation du marbre, du demi-camp ou de la zone d'attaque. Je préfère de loin prendre place dans la tribune de la presse!

— Mais comment on va faire des changements de joueurs si on n'a pas deux trios? a demandé Jonathan, affolé.

— Oh, j'ai oublié de vous dire que la ligue nous donne un joueur pour que nous soyons 10, a précisé Jean-Philippe avec un claquement de doigts. C'est un gars qui n'a pas pu s'inscrire à temps.

— Je le plains, le pauvre! a dit Alexia en souriant. Il est sur le point de découvrir ce que c'est que d'être Martien!

J'ai noté ses paroles à la virgule près. Alexia a un don pour les déclarations percutantes.

Chapitre 2 \|\|\|\|\|

Je suis resté après l'école pour terminer mon article. Pendant que j'étais à la bibliothèque, j'ai fait quelques recherches sur Boum Boum Blouin, l'ancien joueur qui allait entraîner les Marsois.

Mes conclusions? Boum Boum a vraiment joué pour la LNH, mais c'est tout ce qu'on peut en dire. Il faisait l'objet d'échanges tous les trois mois, quand il n'était pas renvoyé dans les ligues mineures. Il a sûrement passé beaucoup de temps sur le banc, parce qu'il n'a marqué que neuf buts au total durant ses 16 années de carrière. Autrement dit, il avait assez bien fait pour se rendre à la LNH, mais il a dû être le plus mauvais de tous les pros.

J'étais désolé pour Jonathan, Jean-Philippe et les autres joueurs qui espéraient se faire entraîner par une ancienne légende du hockey. Mais, pour moi, c'était une bonne nouvelle. Je voulais faire un reportage sous l'angle de l'équipe Cendrillon, qui parvient à remonter la pente. Et Boum Boum Blouin partait de si bas qu'il aurait sûrement besoin d'un ascenseur pour faire une remontée.

Désireux de récolter les impressions des joueurs de Bellerive, je me suis arrêté à l'aréna en rentrant. Coup de chance, l'équipe qui s'entraînait sur la glace était celle des Pingouins électriques, commandités par la centrale électrique de la ville. Les Pingouins avaient remporté le championnat l'année précédente.

Leur capitaine, Cédric Rougeau, était en possession de la rondelle. J'ai cessé de prendre des notes. Quand un gars comme Cédric manie le bâton, ça mérite toute notre attention.

Zoum!

Il a feinté à gauche, puis s'est élancé vers la droite, laissant le défenseur étourdi tourner sur lui-même. Mais pendant que le centre étoile du trio ROC s'élançait vers le gardien, mon sixième sens de journaliste restait à l'affût. J'ai remarqué tout à coup qu'il y avait un tourbillon d'activité autour de l'entraîneur Morin. Les joueurs étaient surexcités. Des cris indignés s'élevaient dans l'aréna. Quelque chose ne tournait pas rond.

Sur la patinoire, Cédric, qui se trouvait maintenant devant le filet, a projeté la rondelle juste au-dessus du gant du gardien, d'un simple mouvement du poignet. Le meilleur marqueur de la ligue a levé son bâton dans les airs. J'ai applaudi.

Mais nous étions les seuls à nous réjouir.

Cédric était habitué aux tapes dans le dos et aux félicitations, même pendant l'entraînement. Devant l'absence de réaction de ses coéquipiers, il a regardé autour de lui. Les Pingouins avaient l'air mécontents.

— Hé, pourquoi faites-vous cette tête d'enterrement? leur a-t-il lancé.

— Parce que tu es condamné! a gémi Rémi Fréchette, qui représente le R du trio ROC (Rémi-Olivier-Cédric).

— Est-ce que quelqu'un peut m'expliquer ce qui se passe? a dit Cédric d'un ton impatient.

J'ai sorti mon carnet.

— Cédric, a dit l'entraîneur Morin en mettant un bras réconfortant sur ses épaulières. Il y a un problème. Ton formulaire d'inscription est arrivé après la date limite. D'après le règlement, tu dois céder ta place dans l'équipe des Pingouins.

— Je suis renvoyé de la ligue? s'est exclamé Cédric.

Quel cinéma! Il n'aurait pas eu l'air plus horrifié si quelqu'un avait essayé de faire sortir sa langue par son oreille gauche.

— Calme-toi, a dit l'entraîneur. Tu vas pouvoir jouer. Sauf que tu dois occuper la prochaine place qui va se libérer. Et ce sera dans la nouvelle équipe.

— Mais la nouvelle équipe est celle des Martiens! a protesté Rémi.

J'en suis resté bouche bée. Cette nouvelle était si énorme que je n'étais même pas fâché que cet idiot de Rémi nous traite de Martiens. Un scoop digne de *Sports Mag*!

— Les Martiens ne devraient même pas être dans notre ligue! s'est écrié Olivier Vaillancourt, le troisième membre de la ligne d'attaque. Et en plus, ils vont avoir Cédric dans leur équipe? Que va devenir le trio ROC?

— Je vais déplacer Tristan Aubert, du deuxième trio, a répondu l'entraîneur.

— Rémi, Olivier, Tristan... a dit Rémi d'un ton songeur. Le trio ROT? Mais c'est impossible! a-t-il ajouté, les yeux exorbités.

— Oh, pauvre toi! s'est exclamé Cédric d'un ton hargneux. Je suis renvoyé de l'équipe, et tout ce qui t'importe, c'est de trouver un autre centre dont le nom commence par C?

— Ouais, Rémi! a ajouté Olivier. C'est ta faute, de toute façon! Ton oncle est le président de la ligue. Comment as-tu pu le laisser faire ça?

— Tu crois qu'il m'a téléphoné pour me demander si je voulais faire partie du trio ROT? a crié Rémi en frappant son bâton sur la glace.

— M. Fréchette ne peut rien faire pour nous, leur a dit l'entraîneur. De quoi aurait-il l'air s'il ne respectait pas les règles et faisait une exception pour l'équipe de son neveu? Je sais que c'est décevant, les gars, a-t-il poursuivi en soupirant, mais ça fait partie du jeu. Même dans la LNH, les joueurs sont envoyés dans d'autres équipes.

— Ouais, peut-être, a dit Cédric, mais combien d'entre eux se retrouvent sur Mars?

J'avais la tête qui tournait. Je suis sorti en courant de

l'aréna. Cette histoire était explosive! Je détenais une information que nul ne connaissait encore. C'était un scoop!

Je me suis souvenu avec désespoir que je n'étais qu'un enfant. Si j'avais travaillé pour RDS, j'aurais pu passer à la télé et devancer mes concurrents avec cette exclusivité!

Malheureusement, la *Gazette* de l'école élémentaire de Bellerive n'est publiée qu'une fois par mois. Le prochain numéro ne sortirait que dans *trois semaines et demie!* À ce moment-là, mon scoop serait aussi frais que du pain de viande vieux d'une semaine.

J'ai serré les dents. Bon, peut-être que je ne pouvais pas publier mon article dans la *Gazette*, mais je serais le premier à informer les joueurs de Mars de l'arrivée du grand Cédric Rougeau.

J'avais manqué l'autobus scolaire, mais je savais que les autobus de la ville se rendaient à Mars toutes les heures. J'ai couru comme un fou et j'en ai attrapé un de justesse. J'allais arriver à temps pour annoncer la nouvelle à l'équipe de Mars pendant son premier entraînement.

Nous franchissions le pont bringuebalant quand une voiture nous a dépassés. C'étaient Cédric Rougeau et sa mère. Elle le conduisait à Mars pour son entraînement avec sa nouvelle équipe.

— On ne peut pas aller plus vite? ai-je gémi de frustration.

Le chauffeur m'a lancé un regard furieux dans le rétroviseur de l'autobus.

12

Tamia Aubin détenait enfin un scoop, mais personne ne le saurait!

Oh! comme j'aurais voulu un gros bonbon piquant, parfumé à la cannelle!

Chapitre 3 | | | | |

La patinoire de Mars n'a rien à voir avec le superbe aréna du centre de loisirs de Bellerive. À l'exception d'une cabane équipée d'un poêle, tout se passe à l'extérieur. Les buts sont du type léger en aluminium, et il faut faire attention de ne pas trébucher sur les briques qui les maintiennent en place.

La surface de la glace est bosselée et inégale. Quand il fait doux, elle est couverte de plus d'un centimètre de gadoue. Les joueurs qui ont la malchance de tomber se relèvent trempés.

Je me suis appuyé sur la bande, mon carnet ouvert à la main. Je ne voulais pas manquer la réaction de Cédric devant sa nouvelle équipe.

Sauf qu'il n'a eu aucune réaction. Il est resté dans sa bulle, transférant son poids d'un patin à l'autre et fronçant les sourcils quand quelqu'un osait l'approcher.

14

Par contre, l'entraîneur Boum Boum Blouin semblait ravi d'être là. Je m'en voulais de ne pas avoir apporté d'appareil photo. Parce que personne ne me croirait quand je tenterais de le décrire.

Boum Boum avait environ 50 ans. Courbé vers l'avant, le regard fixe et farouche, il me faisait penser à une mante religieuse. Il avait le front dégarni, mais ses cheveux frisottés, noués en queue de cheval, atteignaient ses épaules. Son long nez semblait dévier d'abord à gauche, puis à droite. Son sourire radieux révélait trois dents manquantes.

— C'est un vrai joueur de hockey, m'a chuchoté Alexia. Regarde son nez. Je parie qu'il a été cassé trois fois.

— Monsieur Blouin? a demandé Jonathan, la voix étouffée par son masque de gardien. Pour quelle équipe de la LNH avez-vous joué?

D'un air enjoué, Boum Boum a répondu :

— Eh bien, j'ai été repêché par Detroit...

J'ai vite noté : *Ancien des Red Wings...*

— ... mais ils m'ont envoyé à Boston, puis les Bruins m'ont expédié à Los Angeles. Après ça, j'ai été renvoyé aux mineures, et au repêchage suivant, je me suis retrouvé à Toronto.

Je commençais à souffrir de la crampe de l'écrivain, à force de noter tous ces détails. Hélas! l'entraîneur n'avait pas terminé :

— De là, je suis allé à Vancouver, Montréal, New York, Pittsburgh, puis Philadelphie, a-t-il conclu avant de froncer les sourcils. Je dois en oublier, parce que je suis à peu près certain d'avoir été un Black Hawk à un moment donné. J'ai rencontré ma femme à Chicago. À moins que ce ne soit à St. Louis? Voilà ce qui arrive quand on joue pendant 16 ans sans porter de machin-truc.

La pointe de mon crayon s'est brisée sur le papier. Machin-truc?

Toute l'équipe a dévisagé l'entraîneur.

— Quel machin-truc? a demandé Alexia.

— Un machin-truc! a-t-il répété. Vous savez, un de ces bidules! Comme ça! a-t-il ajouté en désignant le casque protecteur du joueur le plus près de lui, Benoît Arsenault.

— Vous voulez dire un casque? a demandé Jonathan.

— En plein ça! a dit l'entraîneur en souriant. Bon, la première chose à faire est de distribuer tous ces cossins.

— Cossins? ont répété une demi-douzaine de voix.

Boum Boum ne nous a pas fait attendre longtemps. Il a plongé la main dans une grosse boîte et en a sorti un chandail de hockey. Des lettres blanches se détachaient sur un fond vert :

ALIMENTS NATURELS DE MARS
Flammes

Jonathan a regardé le chandail avec vénération :

— Nous sommes les Flammes.

Je sais reconnaître un gros titre quand j'en vois un : *Les Flammes de Mars*. Ce serait parfait pour la une de *Sports*

Mag. Quel beau nom!

Les joueurs se sont rués sur la boîte. Les têtes ont disparu sous les chandails verts. C'était un grand moment pour tout le monde.

C'est Jonathan qui a exprimé le sentiment collectif :

— On savait qu'on entrait dans la ligue, mais maintenant, c'est officiel.

L'entraîneur a donné un coup de sifflet.

— Vous êtes magnifiques! a-t-il dit d'un air ému. Bon, on va commencer par des machins de base.

De toute évidence, il ne connaissait aucun nom commun.

Jean-Philippe a tenté de deviner :

— Des exercices?

Décrire un entraînement avec Boum Boum Blouin exigeait des talents de traducteur. C'était un vrai défi de comprendre ce qu'il voulait dire. Et si c'était difficile pour moi, imaginez les pauvres joueurs! Ils patinaient de tous côtés, en sueur, s'efforçant de comprendre les indications que vociférait Boum Boum :

— Mets ton bidule sur l'affaire! (Garde ton bâton sur la glace!)

— Regarde le zinzin, pas la patente! (Surveille le joueur, pas la rondelle!)

— Le trucmuche! Vite, le trucmuche! (Ne rate pas le rebond!)

On ne pouvait faire autrement que plaindre Cédric Rougeau. Le pauvre gars venait de passer du rêve au cauchemar. Le meilleur patineur de la ligue a donné un coup de patin, a trébuché sur une bosse et s'est affalé sur la glace. Et ça s'est produit à cinq reprises avant qu'il s'habitue à la surface bosselée de la patinoire de Mars.

Je n'en croyais pas mes yeux. Le joueur, qui m'avait ébloui à l'aréna il y avait à peine une heure, avait soudain l'air d'un enfant de quatre ans qui apprenait à patiner. Il était le pire joueur sur la patinoire.

Il a persévéré courageusement pendant un moment. Mais, lorsque l'entraîneur l'a pris à l'écart pour lui offrir des cours de patinage, le meilleur marqueur de la ligue a piqué une crise.

— Des cours de patinage? s'est-il exclamé dans l'air glacé. Mais je sais patiner! Le problème, c'est la patinoire! C'est comme la surface de... Mars! La planète, pas la ville!

Boum Boum a éclaté de rire.

— Mon gars, tu dois savoir faire face au pire comme au meilleur! Aux surfaces raboteuses comme aux surfaces lisses. Aux trucmuches comme aux gugusses.

Puis il est allé rejoindre les défenseurs.

Alexia est passée comme une flèche à côté de Cédric, l'arrosant de gadoue d'un coup de ses patins blancs. De tous les habitants de la ville, c'est elle qui déteste le plus les blagues sur les Martiens.

— Hé, la vedette! Je croyais que tu savais patiner!

— Tu es une *fille?* a lancé Cédric en la dévisageant.

— Dis donc, tu es un génie, en plus d'être vaniteux! a rétorqué Alexia, qui peut être un vrai pit-bull quand on se met à la provoquer.

Jonathan, qui semblait énorme avec ses jambières de gardien, s'est approché d'eux.

— Arrête ça, Alex, a-t-il dit. Tu sais, Cédric, on a grandi sur cette patinoire. Tu verras, tu vas t'habituer à la glace.

Mais Cédric regardait toujours Alexia avec des yeux écarquillés.

— Elle ne peut pas faire partie de l'équipe!

— Crois-moi, a répliqué Jonathan en souriant, même Godzilla ne pourrait pas dire à Alexia ce qu'elle ne peut pas faire.

Plus tard, pendant l'exercice de mise en échec, Cédric s'est arrêté net au lieu de plaquer Alexia. Ulcérée par ce traitement spécial, elle a avancé la hanche et l'a envoyé voler dans la bande. Je ne crois pas que le grand Cédric ait reçu un coup plus dur de toute la dernière saison.

Boum Boum a adoré ça.

— Super! a-t-il lancé à Alexia. C'est un exemple parfait de bidulotruc.

Il voulait probablement dire « mise en échec avec l'épaule ».

J'ai essayé d'analyser la performance de l'équipe en me fiant à mes instincts de journaliste sportif. Difficile de dire si les joueurs étaient bons ou non. Évidemment, personne ne filait à toute allure comme les Pingouins à l'aréna de Bellerive. Mais personne, même pas Cédric, n'aurait pu patiner vite sur cette glace. Ça ne voulait donc pas dire grand-chose.

Benoît Arsenault était le plus rapide pour patiner de l'avant, mais il était incapable de patiner à reculons. Kevin Imbeault, lui, patinait à reculons comme un joueur du Temple de la renommée. Par contre, il avait tellement de mal à patiner vers l'avant qu'il trébuchait pratiquement sur la ligne bleue. Boum Boum les a donc mis ensemble à la défense, ce qui démontrait une certaine logique. Cela prouvait aussi que l'entraîneur connaissait mieux le hockey que la langue française.

Boum Boum était un gars très sympathique. Il a passé une demi-heure à expliquer la règle du hors-jeu à Carlos. Et il ne s'est même pas fâché quand ce bon vieux Carlos est entré dans la zone adverse pendant le jeu suivant. De plus, il est demeuré patient avec cette grande gueule de Jean-Philippe, qui était convaincu que le lancer de pénalité est la technique la plus importante au hockey et que les autres exercices sont une perte de temps.

— Le lancer de pénalité? a répété l'entraîneur, stupéfait. Mais c'est le truc le plus rare qui soit, au hockey! J'ai joué pendant 16 ans, et je n'en ai jamais fait un! Je n'ai même jamais joué une partie où il y en a eu un!

— Mais il faut qu'on soit prêts! a insisté Jean-Philippe. Sinon, on risque de perdre un but!

— Plus tard, a promis l'entraîneur.

J'en ai pris bonne note. Plus tard signifiait « jamais dans cent ans ».

Après l'entraînement, Boum Boum nous a tous invités à venir prendre un machin-chouette à son magasin d'aliments naturels.

Cédric a été le seul à refuser.

— Non merci, ma mère m'attend dans l'auto.

— Invite-la aussi, a proposé Boum Boum.

— Euh, non, je crois qu'elle est allergique aux machins-chouettes, a répondu Cédric avec un petit sourire.

De toute évidence, il voulait déguerpir au plus vite de la ville de Mars. On ne pouvait pas lui en vouloir. Il était trempé jusqu'aux os à force d'être tombé dans la gadoue, en plus d'être meurtri par les mises en échec d'Alexia.

— Mauviette! a marmonné Alexia. On n'a pas besoin de lui!

Les machins-chouettes étaient en fait des chocolats chauds, servis au magasin d'aliments naturels de M. Blouin et de sa femme.

Ah, Mme Blouin! Mon crayon s'est brisé dans ma main quand elle est sortie de la cuisine avec son plateau. Jonathan s'est mis à tousser comme un détraqué et sa sœur a dû lui donner des tapes dans le dos. Jean-Philippe est tombé de sa chaise et a atterri sur la tête.

Comment dire? Mme Blouin était la plus belle, incroyable, séduisante, extraordinaire femme du monde. À côté d'elle, les supermodèles auraient sûrement eu l'air de grizzlys. Elle mesurait plus de 1,80 mètre, avait de longs cheveux noirs et des yeux... Oh, je suis un journaliste sportif, après tout, pas un poète.

Nous avons regardé Boum Boum. D'accord, c'était un gars formidable, mais tout de même! Le couple Blouin était comme la Belle et la Bête.

Alexia était dégoûtée de notre réaction. Elle a été la première à briser le silence.

— Il est très bon, votre chocolat chaud, madame Blouin! a-t-elle dit.

— Oh, ce n'est pas du chocolat, ma petite, a répondu Mme Blouin d'une voix parfaite, à l'image de sa beauté. C'est de la gomme de caroube. Et la crème fouettée est en fait un produit à base de tofu.

Ma gorge s'est serrée. Ça avait quand même bon goût, mais le simple fait de savoir que ces ingrédients se trouvaient dans ma tasse me gâchait le plaisir. L'entraîneur avait raison. Nous buvions des machins-chouettes.

J'ai remarqué un espace vide inhabituel dans ma joue – à peu près de la taille d'une grosse boule phosphorescente parfumée aux fruits.

| | | | | | _Chapitre 4_

Les Flammes de Mars devaient jouer leur première partie le samedi suivant, à l'aréna de Bellerive. Lorsque l'entraîneur Blouin a appris que j'écrivais un article sur les Flammes dans la _Gazette_, il m'a invité à monter dans l'autobus de l'équipe.

Ce n'était pas un véritable autobus. C'était en fait le vieux camion de livraison tout rouillé du magasin d'aliments naturels. Il n'y avait donc pas de sièges à l'intérieur. Nous rebondissions comme des balles de ping-pong, ce qui n'est pas amusant quand on est la seule personne à ne pas porter d'équipement protecteur. J'ai reçu le bâton de gardien de Jonathan sur la tête, et Carlos a trouvé ça si drôle qu'il en est presque tombé du camion.

Et ce n'était pas tout. La veille, l'entraîneur avait renversé un contenant de huit litres de soupe au poisson, au chou et à l'ail dans le camion. Même après un bon rinçage au tuyau d'arrosage, l'intérieur du camion empestait. Et quand nous avons déchargé notre équipement à l'aréna, nous empestions tout autant.

Les visiteurs de Mars se sont fait accueillir par des huées et des sifflements dans le hall de l'aréna. N'oubliez pas que très peu de gens voulaient de notre équipe dans la ligue.

— Vous êtes pourris! a crié un joueur d'une autre équipe.

— Est-ce qu'il dit ça parce qu'on pue ou parce qu'il ne nous aime pas? a chuchoté Jean-Philippe.

— Tais-toi et marche! a marmonné Alexia, d'une voix si basse qu'on avait peine à l'entendre.

Comme les Flammes avaient déjà leur équipement sur le dos, il ne leur restait plus qu'à enfiler leurs patins dans le vestiaire.

— Nos adversaires sont les Ouragans du Paradis de la gaufre, a annoncé l'entraîneur. Ils ont terminé derniers dans les machins-trucs des deux dernières années. Ce ne sont donc pas des champions. Mais rappelez-vous qu'ils ont l'habitude de jouer ensemble, ce qui n'est pas notre cas. Ne soyons pas trop sûrs de nous.

Sûrs de nous? N'avait-il pas remarqué à quel point les joueurs étaient terrifiés? Je ne cessais de prendre des notes, car c'est ce genre de détail qui rend un article intéressant. Jonathan avait fait au moins quatre nœuds dans les lacets de ses patins. Carlos se frappait la tête contre le mur derrière lui avec un rythme constant. L'écho de son casque sur le béton tapait sur les nerfs de tout le monde. Jean-Philippe se rongeait les ongles à travers le grillage de son casque. Même Alexia, qui ne serait pas effrayée par l'attaque d'un rhinocéros, était pâlotte et sérieuse.

L'atmosphère était très tendue. Quant à moi, eh bien, le bon vieux Tamia aurait bien voulu sucer quelques gros bonbons durs! Mais Malheureusement, je n'avais que mon crayon à me mettre sous la dent.

Jonathan a jeté un coup d'œil à l'horloge sur le mur. Il ne restait que trois minutes avant le début de la partie.

— Où est Cédric? a-t-il demandé, exprimant l'inquiétude de tout le monde. Il devait nous rencontrer ici.

— Qu'est-ce que je vous avais dit? a lancé Alexia avec un grognement de dégoût. Les rats fuient toujours un bateau qui est en train de sombrer.

— Il doit y avoir une explication, a insisté Jean-Philippe.

— C'est sûr qu'il y a une explication, a fulminé Alexia. Il préfère ne pas jouer plutôt que d'être vu sur la glace avec des Martiens. Eh bien, bon débarras!

— Ne soyons pas négatifs, a dit l'entraîneur. Bon, il est temps d'aller sur le gugusse.

Mon crayon filait si vite sur le papier qu'il en devenait flou. Je tenais décidément un sujet digne de *Sports Mag* : Les Flammes de Mars, se dirigeant courageusement vers leurs adversaires, prêts à disputer leur première partie, insultés et abandonnés par leur coéquipier de Bellerive.

Les joueurs ont suivi l'entraîneur, puis se sont

immobilisés. Sur la glace, seul en train de s'échauffer, se trouvait Cédric Rougeau.

À l'exception d'Alexia, tous les joueurs l'ont entouré pour lui donner des tapes dans le dos. On aurait dit qu'ils avaient déjà remporté le championnat, même si la saison n'avait pas encore commencé. Les Ouragans devaient sans doute penser qu'ils étaient cinglés. Cédric, lui, avait simplement l'air malheureux.

Quelques partisans des Ouragans étaient dans les gradins, principalement des parents et quelques joueurs d'équipes ayant disputé des matchs plus tôt dans la journée. Quant à notre équipe, on aurait cru que la moitié de la ville de Mars s'était déplacée pour l'encourager. Les Flammes ont donc reçu une ovation pendant la période d'échauffement. Je déteste devoir l'admettre, mais cela a été le meilleur moment de la soirée pour nos joueurs.

Je suppose que j'aurais dû m'attendre à ce que les joueurs des Flammes soient mauvais. Après tout, c'était la première fois qu'ils faisaient partie d'une ligue. Bien sûr, ils avaient déjà joué au hockey, des petites parties improvisées sans règles. Mais cette fois, il y avait des règles, des arbitres, des mises au jeu, des périodes. Et des gradins remplis de spectateurs. C'était impressionnant.

Tout d'abord, les Flammes avaient l'habitude de la glace bosselée de Mars. Fraîchement arrosée par une véritable surfaceuse, la patinoire de l'aréna était lisse comme un miroir. Tous les Marsois ont senti leurs pieds se dérober sous eux et ont perdu l'équilibre l'un après l'autre.

La scène ressemblait à un champ de bataille après le combat, avec tous ces corps étendus sur la glace.

Humilié, Cédric allait d'un coéquipier à l'autre, aidant tout le monde à se remettre debout.

— Je peux me relever toute seule, a dit Alexia, les dents serrées.

— Comme tu veux, a répondu Cédric en haussant les épaules.

Il a tourné les talons, la laissant se débrouiller.

Les joueurs de hockey entendent souvent des huées et des cris d'enthousiasme, mais il arrive rarement qu'on rie d'eux, surtout leurs propres parents. C'était vraiment éprouvant comme début.

Seule bonne nouvelle : Cédric était au mieux de sa forme, maintenant qu'il était sur une patinoire familière. Il a gagné la première mise au jeu, feinté le joueur de centre adverse et fait la plus belle passe que j'aie jamais vue. Elle était si parfaite que Jean-Philippe n'a même pas eu à déplacer son bâton pour s'emparer de la rondelle avant de filer sur l'aile gauche.

— C'est un machin-chouette! s'est écrié Boum Boum.

— Un chocolat chaud? a crié Carlos, qui devait penser à la séance d'entraînement de la semaine précédente.

J'étais assis dans la première rangée, derrière le banc.

— Une échappée! ai-je crié. Vas-y, Jean-Philippe!

Pris de court, le défenseur des Ouragans a fait une tentative désespérée. Il a plongé vers la rondelle, mais son bâton s'est coincé dans les patins de Jean-Philippe, qui est tombé. Le sifflet de l'arbitre a retenti pour signaler un accrochage.

Le défenseur s'est dirigé vers le banc des pénalités, mais l'arbitre l'a rappelé.

— Ton bâton a fait trébucher le numéro 10 alors qu'il était en échappée vers le filet, a décrété l'officiel. C'est un lancer de pénalité.

Jean-Philippe a tourné la tête si vite que j'ai cru qu'il allait se briser le cou.

— Vous voyez? a-t-il crié à l'entraîneur Blouin. Un lancer de pénalité! Vous nous aviez dit que ça n'arrivait jamais!

Boum Boum lui a fait signe de s'approcher du banc pour qu'il lui donne ses instructions.

— Bon, d'abord, ne sois pas nerveux.

— Je ne serais pas nerveux si on l'avait fait à l'entraînement! a rétorqué Jean-Philippe.

— Écoute-moi, a dit Boum Boum. Quand tu prendras le machin, fonce vers le truc, et donne un petit youp-là juste avant de tirer.

C'était clair comme de l'eau boueuse. Jean-Philippe l'a dévisagé, les yeux de plus en plus écarquillés. Quand le sifflet a retenti, il tremblait d'excitation. Il ne pouvait même plus parler. Nous lui avons souhaité bonne chance, et il a émis un son qui ressemblait à un bruit de moteur de voiture par un matin d'hiver glacial.

La rondelle a été déposée au centre de la glace. Jean-Philippe a patiné dans sa direction, a levé son bâton et... a manqué son coup.

Il a continué sur sa lancée, sans rondelle.

— Recommence, lui a dit l'arbitre en souriant.

Les rires ont fusé dans les gradins.

Jean-Philippe a fait demi-tour, et cette fois, il n'a pas raté la rondelle. Il est difficile de décrire ce qui s'est passé. Jean-Philippe a perdu tous ses moyens. Littéralement. La rondelle a roulé loin de lui, suivie de son bâton et d'un de ses gants. Un de ses patins s'est délacé, ce qui l'a fait trébucher et s'affaler par terre. Son casque est tombé dans le cercle de mise au jeu, la grille protectrice battant au vent. Le deuxième gant est resté par terre pendant que Jean-Philippe glissait sur les fesses en direction du filet. Le gardien a bel et bien fait un arrêt, mais c'est Jean-Philippe qu'il a bloqué plutôt que la rondelle. Je suis certain qu'il n'y a jamais rien eu de pareil dans *Sports Mag*.

Les gradins tremblaient sous les rires des spectateurs. Il a fallu les efforts de tous les joueurs des Flammes, ainsi que de quelques Ouragans, pour rapporter les pièces d'équipement de Jean-Philippe vers le banc, où il a dû les enfiler de nouveau.

— Je vous avais dit qu'il fallait s'exercer! a-t-il déclaré d'un air offusqué.

Comme s'il y avait un exercice pour ne pas tomber en morceaux pendant un lancer de pénalité!

Boum Boum était trop gentil pour ajouter son rire à celui de l'assistance.

— À la prochaine séance d'entraînement, a-t-il promis.

Les Ouragans avaient peut-être été la pire équipe de la ligue jusque-là, mais ce n'était plus le cas. Ils menaient 4 à 0 à la fin de la première période, et 9 à 0 à la fin de la deuxième. Le pauvre Jonathan a réussi de nombreux arrêts, mais en a tout de même raté quelques-uns. Il n'avait pas beaucoup d'aide de la part de ses défenseurs. On aurait dit que c'était toujours Kevin qui devait avancer pour bloquer un tir, alors que Benoît devait reculer. Si la situation avait été inversée, ils auraient été à la hauteur. Mais dans les circonstances, ils étaient souvent affalés sur la glace pendant que deux ou même trois joueurs adverses se précipitaient vers Jonathan sans personne pour leur faire obstacle. C'est ainsi qu'ils ont réussi à marquer neuf buts. Une bonne équipe en aurait marqué 50.

À l'exception de Cédric, personne parmi les Flammes n'avait joué dans une équipe où on faisait des changements de ligne. Il y a donc eu 11 pénalités parce que l'équipe avait trop de joueurs sur la glace. Les Flammes se retrouvaient donc constamment avec un ou deux joueurs en moins. Puis il y a eu le moment où le premier alignement est revenu au banc, et où le deuxième a oublié de le remplacer. Cela a entraîné le premier assaut à cinq contre zéro de l'histoire du hockey. Jonathan avait l'air perdu, entouré de tous ces chandails violets.

Finalement, le nombre de joueurs des Flammes sur la glace importait peu, parce qu'ils n'arrêtaient pas de tomber. Seul Cédric restait debout sur ses patins. Quelques joueurs ont commencé à s'habituer à la glace, dont Carlos.

Mais plus il patinait avec aisance, plus souvent il franchissait la ligne adverse trop vite et provoquait des hors-jeu. Il n'arrivait pas à comprendre que la rondelle devait traverser la ligne bleue avant lui.

À la troisième période, la situation a encore empiré. Au douzième but des Ouragans, j'ai rayé mon titre plein d'espoir, *Débuts miraculeux*, pour le remplacer par *Massacre sur la glace.*

— Retournez sur votre planète! a crié l'un des joueurs, du banc des Ouragans.

— Comment trouvez-vous la ligue, bande d'habitants cosmiques?

— Allez donc traire la Voie lactée!

— Traire la Voie lactée! a ricané Carlos en secouant la tête. Comme si la Voie lactée donnait du lait!

— Ils sont en train de nous insulter, crétin! lui a dit Alexia, dont la visière était embuée tellement elle bouillait de colère. Ils ne vont pas s'en tirer comme ça, a-t-elle ajouté à voix basse.

— Allez, on se calme, est intervenu l'entraîneur. La bave du trucmuche n'atteint pas la blanche bidule.

Mais Jean-Philippe ne voulait rien entendre :

— Vous vous prenez pour qui? a-t-il crié en direction de l'autre banc. Vous êtes les derniers de la ligue!

Le capitaine des Ouragans a désigné du doigt le tableau de pointage.

— Nous ne sommes plus les derniers! À moins que les habitants de l'espace ne sachent pas compter?

C'est alors que l'entraîneur des Ouragans a ajouté son grain de sel.

— Ça suffit! a-t-il dit. Faites preuve d'un peu de classe, les gars. Nous les avons battus à plate couture. Ayez un peu de pitié pour ces pauvres Martiens.

On aurait dit que ça ne dérangeait pas Boum Boum lorsque des enfants nous insultaient. Par contre, en entendant un adulte nous traiter de Martiens, il a perdu son calme.

Il a sauté sur le banc et a montré le poing à l'autre entraîneur en hurlant :

— Espèce de patente à gugusse!

Il s'est fait sortir de l'aréna, mais pas avant que la moitié de l'équipe ne l'ait étreint avec reconnaissance.

Cédric s'est planté devant l'arbitre.

— Il reste quatre minutes de jeu, et nous n'avons plus d'entraîneur!

L'arbitre a regardé autour de lui.

— Toutes les équipes doivent avoir un entraîneur adjoint. Où est le vôtre?

— Youhou! a fait une voix. Je suis ici!

De hauts talons ont cliqueté sur les gradins de métal. Mme Blouin a descendu l'allée centrale pour venir à la rescousse de l'équipe de son mari.

L'arbitre en a presque avalé son sifflet.

— C'est elle, votre entraîneur adjoint?

Alexia s'est levée :

— Avez-vous une objection?

Le juge de ligne a regardé Mme Blouin et s'est écrasé contre la vitre.

J'ai cru que les gradins allaient se renverser quand tous les pères se sont penchés pour mieux voir notre spectaculaire entraîneuse adjointe.

Elle a envoyé des joueurs sur la glace, et le jeu a continué. Cette fois, les Ouragans étaient tout aussi désorganisés que les Flammes. Alexia a remarqué qu'un joueur adverse en possession de la rondelle avait les yeux fixés sur Mme Blouin. Elle en a profité.

Paf!

C'était une mise en échec dans les règles, mais il y avait probablement un peu de revanche aussi là-dessous. Alexia s'est emparée de la rondelle et s'est élancée à droite.

Un joueur en vert s'est placé à ses côtés, puis s'est rangé derrière elle quand elle a franchi la ligne bleue. Le défenseur adverse s'est avancé pour la bloquer.

Après avoir feinté, Alexia a passé la rondelle au coéquipier qui arrivait derrière elle.

C'était Cédric, le bâton déjà en position.

Toc!

Il a fait un lancer frappé, et la rondelle a été projetée dans les airs. Le gardien ne l'a vue arriver que lorsqu'elle a heurté le coin supérieur du filet et est retombée sur la glace. C'était maintenant 12 à 1 pour les Ouragans.

Nous avons presque célébré. Au moins, nous avions évité le blanchissage.

— Belle passe, a dit timidement Cédric à Alexia en

retournant vers le banc.

N'importe qui aurait répondu merci. Mais Alexia, elle, était insultée.

— Si j'avais su que c'était toi derrière moi, je ne t'aurais jamais fait de passe!

— Pourquoi pas? Nous avons marqué un but! a-t-il protesté, stupéfait.

— Nous n'avons pas marqué de but, a-t-elle rétorqué calmement. Tu as marqué un but. C'était ton objectif, non? D'avoir le beau rôle et de nous ridiculiser!

Contrairement à Alexia, Cédric ne maîtrisait pas le réglage de volume inversé. Quand il perdait son calme, il hurlait à pleins poumons :

— Je vous ai ridiculisés? C'est vous qui tombez partout comme des quilles! Votre filet ressemble à une usine à rondelles! Vous ne comprenez rien aux hors-jeu et aux changements d'alignement! Votre entraîneur parle une langue bizarre que personne ne comprend! Sans oublier le joueur qui s'est désintégré pendant un lancer de pénalité! Et tu dis que c'est moi qui vous ridiculise? Vous êtes les champions de la honte!

Enfin la sirène a retenti pour annoncer la fin de la partie.

Chapitre 5

Quel désastre!

Bien sûr, je savais qu'une équipe Cendrillon ne connaît jamais de bons débuts. Mais pour être aussi désespérée que les Flammes, il aurait fallu que Cendrillon ait 150 demi-sœurs au lieu de deux. Et chacune armée d'un lance-roquettes.

Ce n'est pas que je voulais abandonner, loin de là. Mais j'avais pris une décision le soir du premier match. Je vivrais les hauts et les bas des Flammes de Mars, mais pas sans mes gros bonbons durs.

— Clarence, mon pitou, pourquoi pars-tu si tôt? a demandé ma mère en me voyant me faufiler vers la porte le lundi suivant. L'autobus ne passera pas avant une demi-heure.

Je suis un très mauvais menteur.

— Heu... ai-je balbutié. J'ai envie de sortir tout de suite. Il fait beau.

J'ai ouvert la porte et me suis aussitôt fait bombarder de grésil. On aurait dit que des milliers d'aiguilles glacées me transperçaient le visage.

J'ai à peine remarqué le mauvais temps. J'étais chargé d'une mission. Ma destination : Le Paradis des bonbons, un magasin offrant le meilleur choix de gros bonbons durs de toute la ville de Mars, et probablement de Bellerive aussi.

M. Gauvreau ouvrait les portes quand je suis arrivé en courant. J'ai presque crié de joie en voyant qu'il avait une grosse quantité de mégabombes au raisin, des gros bonbons avec une explosion de jus de raisin à l'intérieur. Ce sont mes préférées. J'en ai rempli un sac en moins de temps qu'il ne faut pour dire « carie ».

À la caisse, M. Gauvreau a pris mon sac au lieu de mon argent.

— Désolé, Tamia, a-t-il dit en secouant tristement la tête. Tu ne peux plus dépenser ton argent ici.

— Mais pourquoi?

— Ta mère a téléphoné la semaine dernière. Il paraît que tu as passé un mauvais moment chez le dentiste...

— Ce n'est pas juste! ai-je protesté. C'est, c'est... de la discrimination à l'endroit des personnes aux dents cariées!

M. Gauvreau a haussé les épaules.

— Crois-tu que ça me fait plaisir de perdre mon meilleur client? Mais c'est ta mère qui décide. Un point c'est tout.

Je me suis précipité hors du magasin. C'était décevant, mais je n'avais pas dit mon dernier mot. Je savais que je trouverais un assortiment acceptable chez le dépanneur. Ce jour-là, il y avait une caissière que je ne connaissais pas. Elle était sur le point de me donner mes gros bonbons à la réglisse, quand elle a aperçu mon nom sur mon sac d'école.

— Aubin... Est-ce que c'est toi qu'on appelle Tamia?

— Mais non! ai-je répondu. J'ai emprunté ce sac à un ami.

Elle ne m'a pas cru.

— Le patron m'a laissé une note sur la caisse. Il paraît que tu avais 11 caries lors de ton dernier examen dentaire!

— Ouais, eh bien, vous ne trouvez pas que j'ai assez souffert? ai-je rétorqué.

— Je pourrais te vendre de la gomme sans sucre, a proposé la caissière.

Bien sûr. Quand quelqu'un veut un gros bonbon dur, la dernière chose qu'il veut entendre, c'est l'expression « sans sucre ».

J'ai fait une dernière tentative. Il y avait une station-service sur l'avenue Désilets. Le choix de bonbons durs y était plutôt restreint, mais j'étais désespéré.

J'avais à peine mis les pieds à l'intérieur que le commis a saisi tous les gros bonbons et les a cachés derrière le comptoir.

— Oublie ça, Tamia, a-t-il dit en riant. Ta mère a averti toute la ville.

— Je peux vous donner plus d'argent! ai-je supplié.

Il est resté inébranlable.

— Tu crois que tu peux m'acheter avec 25 cents? a-t-il

demandé d'un air narquois. Hé, voilà ton autobus!

Pour rattraper l'autobus, j'ai dû courir presque jusqu'au pont, en agitant les bras et en criant sous la pluie glaciale.

J'étais de mauvaise humeur, mais ce n'était rien en comparaison des zombis qui se trouvaient dans l'autobus.

— Merci d'avoir dit à Mme Costa que je courais derrière le bus! ai-je lancé d'un ton ironique.

— Tu as l'air ridicule avec tes sourcils pleins de glace, a rétorqué sèchement Jonathan.

Holà! Jonathan est le garçon le plus gentil de Mars. S'il était à ce point susceptible, sa sœur Alexia devait être d'une humeur volcanique!

C'était bien ma chance : le seul siège libre était à côté d'elle. Je m'y suis glissé en tentant de me faire tout petit.

Les fenêtres ont tremblé quand l'autobus a traversé le pont. C'était le seul son qu'on entendait à l'intérieur.

— Bon, a soudain dit Alexia. Crache le morceau!

— Quel morceau? ai-je demandé, interloqué.

Elle m'a lancé un regard furieux.

— Si notre équipe doit se faire dénigrer dans les journaux, j'aime autant savoir à l'avance ce que tu écriras dans la *Gazette*.

Il fallait que je protège la liberté de la presse.

— Les notes d'un journaliste doivent rester confidentielles!

Elle m'a soulevé par le collet et a sorti mon carnet de ma poche. Puis elle m'a laissé retomber sur le siège. Je me suis presque empalé sur mon propre crayon.

Son visage s'empourprait un peu plus à chaque page qu'elle lisait.

— C'est horrible! s'est-elle exclamée.

— Qu'est-ce que j'étais censé écrire? ai-je protesté. Que vous avez gagné?

En réalité, je savais à quoi elle faisait allusion. Après la partie, j'avais interviewé quelques jeunes de Bellerive, et leurs commentaires étaient plutôt cinglants :

« Tout le monde sait que ces Martiens n'ont pas leur place dans notre ligue! »

« Quelle bande de clowns de l'espace! »

« On devrait les renvoyer! Ils diminuent la qualité du jeu! »

Et le pire de tout :

« Cédric Rougeau ou non, je vous garantis qu'ils ne gagneront pas une seule partie! »

— Je n'ai rien inventé, ai-je expliqué à Alexia. C'est vraiment ce qu'ils ont dit!

Elle m'a rendu mon calepin. Ça m'a fait mal quand il a rebondi sur mon nez.

— Ne perds pas ces déclarations, m'a-t-elle ordonné d'un air sombre. Ces gars-là vont ravaler leurs paroles quand nous allons devenir les meilleurs!

Les meilleurs? Il faudrait que les Flammes s'améliorent de 500 % pour devenir médiocres!

Nous sommes arrivés à l'école. J'ai deviné que quelque chose n'allait pas quand Mme Costa ne nous a pas lancé sa blague spatiale habituelle. J'ai vite compris pourquoi.

Un groupe d'élèves était rassemblé devant notre espace de stationnement. Ils se sont écartés au moment où nous faisions la queue pour sortir du véhicule.

Des pièces d'équipement de hockey étaient empilées sur l'asphalte : des chandails, des gants, des épaulières, des bâtons et même des patins. Au centre de la pile était étendu un mannequin de magasin, entièrement nu. Son dos portait ces mots :

LANCER DE PÉNALITÉ MARTIEN

Carlos a donné un coup de coude à Jean-Philippe :

— La comprends-tu? Tu as fait un lancer de pénalité, et ton équipement s'est éparpillé!

— Ça ne serait pas arrivé si on s'était exercés, a marmonné Jean-Philippe.

Si Carlos trouvait ça drôle, les jeunes de Bellerive, eux, pensaient que c'était la blague la plus hilarante qu'ils aient jamais entendue.

Nous sommes entrés furtivement dans l'école, complètement humiliés.

J'ai trouvé un emballage de chocolat Mars collé sur mon casier. Vide. Ces idiots de Bellerive n'avaient même pas eu la décence de me laisser la tablette de chocolat. Les tablettes Mars peuvent être aussi dures que des gros bonbons quand on les met au congélateur.

En me dirigeant vers la classe du cours de français, j'ai remarqué d'autres casiers portant des emballages de tablettes Mars. Incroyable ce que les gens peuvent inventer pour insulter notre ville.

Je n'avais pas l'intention d'accuser qui que ce soit, mais en arrivant dans ma classe, j'ai vu Rémi Fréchette et Olivier Vaillancourt en train de manger du chocolat. Je sais, on est présumé innocent jusqu'à ce qu'on soit déclaré coupable, mais ces deux-là étaient incontestablement coupables. Ils ont été chanceux qu'Alexia ne tire pas de conclusions en entrant en classe. Cédric, lui, a vite compris.

— Des tablettes Mars. Bravo, les gars, c'est très intelligent, a-t-il dit d'un ton ironique en s'assoyant à côté de ses anciens coéquipiers. J'ai entendu dire que vous avez battu les Tornades samedi.

— Et ce n'est pas grâce à toi! a rétorqué Rémi d'un ton boudeur.

J'ai dressé l'oreille. J'ai des oreilles de journaliste. C'est comme si elles avaient des antennes pour détecter les nouvelles. Ce sera un talent inestimable quand je ferai des entrevues pour *Sports Mag* après la finale de la Coupe Stanley et le Super Bowl. J'ai donc fait abstraction des autres bruits pour mieux me concentrer sur leur conversation.

— Pas grâce à moi? Tu devrais plutôt en vouloir à ton oncle, le président de la ligue! Ce n'était pas mon idée de changer d'équipe.

—On n'aime pas former le trio ROT, a gémi Olivier. On

veut retrouver notre C.

— Vous avez marqué un but tous les deux, a commenté Cédric.

— On aurait fait un triplé si tu avais été là! s'est exclamé Rémi. Tristan Aubert ne veut pas partager la rondelle. Pour lui, une passe, c'est une carte pour prendre l'autobus!

— Le pire a été de te voir essayer de jouer avec les Martiens, a ajouté Olivier. Ils sont pourris.

— Je sais, a dit tristement Cédric. Mais ils ne sont pas aussi mauvais qu'ils en ont l'air. Tu devrais voir leur patinoire d'entraînement. C'est comme patiner sur de la purée de pommes de terre congelée! Je me suis presque cassé le cou!

Rémi a secoué la tête.

— C'est humiliant de les avoir dans notre aréna. Ils ne savent pas patiner. Ils ont du mal à se tenir debout. Et il y a une fille dans leur équipe!

— Je sais, j'ai pratiquement avalé mon casque quand j'ai vu ça, a renchéri Cédric. Je ne savais pas que les filles étaient acceptées dans la ligue.

— Elles ne le sont pas! a gémi Rémi, l'air catastrophé. Du moins, elles ne l'étaient pas jusqu'ici. Mais mon oncle dit que la ligue ne peut refuser personne sans courir le risque de se faire poursuivre en justice.

Mme Spiro est entrée, et les trois amis ont baissé le ton. J'ai dû tendre l'oreille pour saisir leurs propos.

— Tu dois démissionner, a chuchoté Olivier.

— Démissionner? a répondu Cédric, surpris. Tu veux dire arrêter de jouer au hockey?

— Ce ne serait pas pour longtemps, a ajouté Rémi. Ils vont bientôt constituer l'équipe des étoiles. Penses-tu qu'ils vont vouloir affronter les autres ligues sans toi? Alors, tu n'auras qu'à dire : « D'accord, je vais revenir, mais seulement si je joue avec les Pingouins. »

— C'est ce que je n'ai cessé de répéter à mon père, a répliqué Cédric. Et tu sais ce qu'il m'a répondu? « Personne n'est plus important que la ligue. Tu vas jouer où ils te disent de jouer. » Alors, je joue pour les Flammes. Je n'aime pas ça, mais c'est mieux que de ne pas jouer du tout.

— Tu veux dire que tu ne feras rien? a demandé Rémi d'un ton horrifié.

— Il n'y a rien à faire, a insisté Cédric.

Alors que la discussion semblait sur le point de s'envenimer, Mme Spiro a pris la parole.

— Vous avez eu toute la fin de semaine pour trouver un partenaire pour votre projet de recherche. Alors, quelles seront les équipes?

J'ai levé la main.

— Madame Spiro, vous aviez dit que mon article sur l'équipe de hockey compterait pour le projet de recherche.

— C'est vrai, Clarence, a répondu l'enseignante en hochant la tête. Tu vas donc travailler seul. Qui d'autre?

Elle a noté les noms des élèves formant des équipes de deux ou trois. Puis Rémi s'est levé.

— Madame Spiro, je vais travailler avec Olivier.

— Et avec Cédric, je présume? a-t-elle dit en souriant.

— Non, madame. Seulement Olivier et moi. Nous sommes coéquipiers.

Mes antennes de journaliste se sont mises à vibrer. Je voyais tout un reportage s'inscrire sous mes yeux : Révolte dans le trio ROC...

— Pourquoi as-tu dit ça? a sifflé Cédric.

Mais il connaissait déjà la réponse.

Mme Spiro a vérifié sa liste.

— Bon, j'ai les noms de tous les élèves, sauf ceux de Cédric et d'Alexia. J'ai une idée, a-t-elle ajouté en souriant. Pourquoi ne formeriez-vous pas une équipe?

Alexia et Cédric se sont regardés. Il était évident qu'ils auraient préféré se faire brûler vifs que de faire équipe.

Mme Spiro l'a très bien compris.

— Eh bien, vous travaillerez seuls dans ce cas.

Chapitre 6

Boum Boum Blouin a usé de son influence et a réussi à obtenir quelques heures d'entraînement pour les Flammes à l'aréna de Bellerive. Il savait que le plus important était d'habituer les joueurs à la surface lisse de la patinoire. Une fois qu'ils sauraient patiner avec aisance, ils pourraient se concentrer sur le jeu.

J'ai donc noté dans mon carnet : *Deuxième entraînement – L'abc du patinage*. Puis j'ai rayé le titre et l'ai remplacé par : *L'art de ne pas tomber*. Je crois que c'était là l'objectif de l'entraîneur.

Le problème, c'est que les joueurs étaient complètement déprimés et effectuaient leurs exercices au ralenti, la mine triste. Jonathan se déplaçait comme si ses jambières pesaient trois tonnes chacune. Alexia avançait le menton comme si elle avait l'intention de frapper la première personne qui aurait l'audace de lui dire bonjour.

Quant à Cédric, eh bien, il avait perdu son équipe et ses amis au cours de la même semaine. Si la tristesse avait été de la glace, Cédric aurait personnifié l'Antarctique.

Boum Boum ne pouvait pas manquer de remarquer cette atmosphère de déprime. Il a donné un coup de sifflet et s'est adressé à ses joueurs :

— Bon, je sais que c'est déprimant de perdre.

— On n'a pas seulement perdu, a fait remarquer Jonathan. On a été lessivés.

— Ouais, par une équipe de perdants, en plus, a ajouté Jean-Philippe.

— Écoutez-moi, a dit l'entraîneur. Quand je jouais pour les Machins de Boston, nous nous dirigions tout droit vers la Coupe Stanley. Puis, trois semaines avant le premier bidule des séries éliminatoires, l'équipe m'a envoyé dans la pire équipe de la ligue.

Quel bon entraîneur! Il allait raconter un moment de sa propre carrière dans la LNH pour remonter le moral de ses joueurs.

— Et vous avez travaillé si fort que vous avez remis cette équipe sur pied? lui ai-je demandé, prêt à noter ses paroles dans mon calepin.

— Non, nous avons connu une série de 26 défaites, a-t-il répliqué. La saison suivante, j'ai été renvoyé dans les mineures. J'ai dû vendre ma voiture pour payer mon billet d'autobus. À bien y penser, a-t-il ajouté, une lueur tragique dans ses yeux globuleux, c'est la pire patente affaire qui me soit arrivée.

Il a patiné jusqu'au banc et s'est assis, la tête dans les mains, complètement abattu.

Il était si démoralisé que les joueurs ont repris leurs exercices, juste pour lui changer les idées. Lorsqu'il a semblé reprendre du poil de la bête, ils ont patiné avec encore plus d'ardeur, filant d'un bout à l'autre de la patinoire.

— Bravo, Boum Boum! ai-je dit. C'était une bonne tactique, ça, user de psychologie pour motiver l'équipe.

— De psychologie? a-t-il répété en me jetant un regard ébahi.

De toute façon, que l'entraîneur ait agi de façon délibérée ou non, les Flammes connaissaient un entraînement fructueux. J'ai modifié mes notes, remplaçant *L'art de ne pas tomber* par *L'abc du patinage*, puis par *L'art du patinage*, ce qui était un miracle après la partie de samedi.

Les joueurs patinaient vers l'avant et à reculons, exécutaient des croisements latéraux, des freinages brusques et des virages, sans oublier toutes sortes d'étirements et de flexions.

Voilà le côté ennuyant du métier de journaliste sportif. Des exercices comme ceux-là sont essentiels à l'amélioration d'une équipe. Et personne n'était plus heureux que moi de voir les Flammes s'améliorer. Sauf que c'était loin d'être un spectacle palpitant.

Je devais rêvasser quand j'ai de nouveau remarqué un espace vide dans ma joue. C'est alors que j'ai eu une idée. Ma mère avait averti tous les magasins de Mars de ne plus me vendre de bonbons. Mais j'étais à Bellerive, avec de l'argent dans mes poches et du temps devant moi.

Il y avait un épicier-traiteur, juste de l'autre côté de la rue. Aussitôt que j'ai franchi la porte du magasin, j'ai su que c'était ma journée chanceuse. Ils avaient des sacs de Boules-en-folie, remplis d'un assortiment de gros bonbons durs : des mégabombes au raisin, des boules volcaniques, des sphères chocolatées, des boules phosphorescentes aux fruits, et même des ultrarachides, qui goûtent le sandwich au beurre d'arachides et à la confiture!

D'accord, 6 $, c'est un peu cher pour un sac de bonbons. Mais on m'avait coupé les vivres chez moi. Je devais saisir les occasions qui se présentaient.

Après avoir pris un sac très lourd, je me suis dirigé vers la caisse. Et là, je me suis arrêté net. Je venais d'apercevoir ma photo d'école de l'an dernier, collée sur le côté de la caisse. Ils avaient mon signalement ici aussi!

Je me suis éloigné de la caisse et suis passé en chancelant derrière le comptoir des repas chauds. Quand maman avait-elle joint les rangs de la CIA? Elle devait avoir donné ma photo à tous les magasins de bonbons des environs de l'école!

J'ai tristement remis le sac à sa place, puis je suis sorti du magasin en traînant les pieds et j'ai retraversé la rue. L'équipe était toujours en train de s'entraîner, mais Jean-Philippe se morfondait dans le hall de l'aréna, ses chaussures de sport aux pieds.

— Pourquoi tu n'es pas sur la glace? lui ai-je demandé.

— J'ai été puni, a-t-il avoué d'un air embarrassé. Au lieu de faire des croisements comme l'entraîneur l'avait demandé, j'ai fait un lancer de pénalité. J'ai besoin de m'exercer à faire ce genre de lancer, moi!

Sans blague.

— As-tu échappé ton équipement sur la glace? ai-je lancé en riant.

— Je n'en ai pas eu le temps! L'entraîneur m'a expulsé de la patinoire. Et maintenant, qu'est-ce que je vais faire pendant le reste de l'entraînement?

C'est là que j'ai eu une idée géniale : ma photo était peut-être sur la caisse enregistreuse, mais pas celle de Jean-Philippe!

— Écoute, me rendrais-tu un service? ai-je demandé en lui tendant 6 $. Prends cet argent et va à l'épicerie de l'autre côté de la rue pour m'acheter des Boules-en-folie. D'accord?

— Pourquoi tu ne les achètes pas toi-même?

— Je suis trop occupé, ai-je répliqué en sortant mon carnet d'un geste vif. N'oublie pas : Boules-en-folie.

Il est parti d'un pas lent.

Je suis revenu au bord de la patinoire juste à temps pour voir Alexia mettre Cédric en échec avec une force suffisante pour faire dérailler un train. Si Cédric ne se décidait pas à répliquer de même, il ne terminerait pas la saison. Du moins, pas en un seul morceau! Le plexiglas vibrait encore du coup qu'elle lui avait asséné, quand Jean-Philippe est revenu du magasin. Il m'a tendu un gros sac.

En le prenant, j'ai sursauté.

— Mais c'est chaud! me suis-je écrié.

Il a haussé les épaules.

— Et alors?

J'ai déchiré le sac pour découvrir un contenant de plastique transparent.

— Des boulettes de viande? me suis-je exclamé, abasourdi. Je t'avais dit d'acheter des Boules-en-folie, pas des boulettes farcies!

— C'est ce que j'ai demandé, a insisté Jean-Philippe. Et c'est ça qu'ils m'ont donné.

Il fixait le contenant.

— Il y a deux cuillères, a-t-il dit d'un ton plein d'espoir. Veux-tu partager?

— Tu peux tout manger, mais tu dois d'abord retourner au magasin, ai-je répondu en plongeant la main dans ma poche. Oh! et puis oublie ça, ai-je ajouté en constatant que je n'avais plus un sou. Mange tes boulettes!

Les joueurs sont sortis de la patinoire et sont venus nous rejoindre.

— Oh! s'est exclamé Carlos. Des boulettes?

— Eh oui, des boulettes, pas des boules, ai-je répondu en soupirant.

Je suppose qu'un entraînement de hockey peut donner envie de manger des boulettes de viande. C'est le genre de détail qui ne figure jamais dans *Sports Mag*. Mes boulettes à 6 $ sont passées d'un joueur à l'autre. Quand le contenant m'est revenu, il était vide.

Chapitre 7

J'aurais bien eu besoin d'un gros bonbon dur pour me réconforter pendant la deuxième partie des Flammes, qui affrontaient les Vaillants de l'Atelier de carrosserie Brunet.

Cédric nous a renseignés sur eux dans le vestiaire :

— Accrochez-vous, les gars. Ces Vaillants sont bien plus costauds que nous. Ce sont les joueurs les plus coriaces de la ligue. Alexia, tu devras être particulièrement prudente.

Il était le seul gars dans le vestiaire à ne pas savoir que c'était la pire chose à dire.

Alexia a relevé le menton :

— Pourquoi? Parce que je suis une fille?

Puis elle a inversé le volume et poursuivi à voix basse :

— La dernière fois que je t'ai plaqué, il t'a fallu 10 minutes pour te souvenir de ton nom.

L'entraîneur est intervenu :

— Les Vaillants ne sont pas seulement des zigotos qui jouent dur. Ce sont d'excellents joueurs. Ils ont terminé deuxièmes l'an dernier.

— Et comment s'en sont-ils tirés face aux Pingouins? a demandé Jonathan.

— La partie était serrée, mais nous les avons battus, a répondu Cédric.

— C'est ça qui te dérange, hein? a déclaré Alexia en levant les yeux au ciel. Tu avais l'habitude d'être le roi de la patinoire, et maintenant, tu es coincé avec des Martiens minables.

— Ce n'est pas ce que j'ai dit. Et je n'ai *jamais* dit ça! s'est écrié Cédric, le visage empourpré.

La sirène a retenti. L'entraîneur s'est levé et a tapé des mains :

— Prenez vos cossins et tout le monde sur la patente.

Pendant l'échauffement, on a tout de suite vu comment la partie allait se dérouler. Les Vaillants n'arrêtaient pas de s'approcher de la ligne médiane pour bousculer leurs adversaires et leur bloquer le passage.

Leur capitaine était un grand gaillard qui en avait long à dire. Il s'appelait William Machin et était en septième année à l'école secondaire de Bellerive. Cédric et lui étaient ennemis depuis la saison précédente, quand Cédric l'avait supplanté pour remporter le trophée du meilleur marqueur.

— On va voir comment tu t'en sors sans tes Pingouins! a grondé William.

Heureusement, un gars comme Cédric – qui a remporté deux fois le titre de joueur le plus utile à son équipe – ne se laisse pas désarçonner par des idioties de ce genre. Il a continué à patiner sans répondre.

William ne voulait pas lâcher prise :

— Blablabla, t'arracher la tête, blablabla, te réduire en miettes, blabla...

Alexia s'est approchée de lui et l'a dévisagé à travers sa visière.

— Est-ce que ta mère t'aime? Ça me surprendrait!

— Une *fille*? s'est exclamé William, estomaqué.

Cédric était furieux.

— Pourquoi as-tu fait ça? a-t-il lancé à Alexia. Maintenant, ils vont s'acharner sur toi pendant toute la partie.

— Qu'ils essaient! a-t-elle répondu.

Dès la mise au jeu, les Vaillants ont imposé leur style de jeu. Je crois que mon titre était évocateur : *Oubliez la rondelle, place au hockey*!

Comme l'avait dit Boum Boum, ils étaient redoutables. Dès la première attaque, ce barbare de William a aplati Cédric et écrasé Benoît comme s'il n'avait pas été là. Jonathan a réussi un premier arrêt, mais quand les autres Flammes ont tenté de s'approcher pour lui prêter main-forte, ils ont été écartés du jeu par de rudes adversaires. William a renvoyé la rondelle, rebond après rebond, jusqu'à ce qu'il réussisse à la projeter au-dessus de Jonathan. Les Vaillants menaient 1 à 0.

Nous avons presque réussi à leur rendre la pareille quand Benoît, le plus rapide des Flammes, s'est emparé de la rondelle libre et s'est élancé sur la glace comme un boulet de canon. Son attaque était si spectaculaire qu'il a fallu un moment aux deux équipes pour s'apercevoir que Benoît avait laissé filer la rondelle loin derrière, près de la ligne médiane. Quand il a voulu tirer, il n'y avait rien à frapper. Le gardien des Vaillants s'apprêtait quand même à faire un arrêt, tellement le lancer semblait réel!

— Belle attaque, a ricané Kevin, l'autre défenseur. Mais la prochaine fois, apporte la rondelle!

Carlos a trouvé ça si comique que l'entraîneur a dû le garder sur le banc jusqu'à ce qu'il retrouve son calme. Les spectateurs ont ri autant que lui. Cette fois encore, les Flammes étaient la risée de tout le monde.

Pour ma part, en considérant la situation d'un point de vue journalistique, je me suis rendu compte que c'était complètement différent du premier match. Les joueurs des Flammes ne passaient pas leur temps affalés sur la glace; ils patinaient, et même très bien. Bon, il leur arrivait de tomber, mais leurs chutes étaient causées par les mises en échec brutales des Vaillants. Ils réussissaient même à s'emparer de la rondelle et à exécuter quelques manœuvres. La semaine précédente, ils n'avaient fait que deux tirs au but. Cette fois-ci, ils en avaient déjà réussi quatre, sans compter l'attaque fantôme de Benoît, et nous étions seulement à la première période.

Le compte était toujours 1 à 0 quand Alexia a pris

possession de la rondelle et s'est élancée sur la droite. De mon siège derrière le banc, je pouvais voir le vilain sourire de William à travers sa visière. Il a traversé la patinoire dans sa direction, fonçant sur elle comme une torpille.

Paf!

Il l'a plaquée brutalement en donnant du coude.

Je me suis levé d'un bond, une demi-seconde après Boum Boum.

— C'est une patente de deux minutes! s'est-il écrié.

L'arbitre a donné un coup de sifflet. William ne s'est même pas donné la peine de protester. Il s'est dirigé vers le banc des pénalités, un sourire fendant son ignoble figure.

Un boulet vert a traversé la glace et a renversé cette brute d'un solide plaquage avec la hanche. C'était Cédric, dont la mise en échec aurait été tout à fait dans les règles, si ce n'était que le sifflet avait déjà retenti et que le jeu était arrêté.

L'arbitre était furieux :

— Tu l'as fait exprès! Pénalité de cinq minutes pour assaut!

Les équipes ont donc patiné avec quatre joueurs chacune pendant deux minutes. Puis les Flammes ont dû jouer en désavantage numérique pendant trois minutes. Ils n'ont pas tenu le coup. Les Vaillants ont marqué deux autres buts avant que Cédric rejoigne les rangs de son équipe. Vaillants 3, Flammes 0.

Je m'attendais à ce que Boum Boum réprimande Cédric, mais il n'en a rien fait. Alexia, par contre, ne s'en est pas privée :

— Qui t'a demandé d'être mon garde du corps?

— Mais c'était un coup salaud! a rétorqué Cédric, surpris.

— Je le sais, a-t-elle dit sèchement. Mais ne refais jamais ça!

Au cours de la deuxième période, une chose extraordinaire s'est produite. Digne de *Sports Mag*.

Un lancer frappé a projeté la rondelle sur la barre horizontale du filet derrière Jonathan. Elle a rebondi sur le côté de son bloqueur, est retombée à l'extérieur de la zone de but et a roulé jusqu'au bâton de Kevin Imbeault. Tout excité, ce dernier s'est lancé à l'attaque. Mais son patinage avant était si mauvais qu'il avait l'air de se déplacer au ralenti. Les Vaillants n'ont même pas essayé de le bloquer. Ils se sont contentés de patiner autour de lui en riant. C'était pitoyable.

Soudain, l'entraîneur Blouin a sauté sur le banc, placé ses mains en porte-voix et hurlé :

— Retourne-toi!

— Quoi? a crié Kevin, qui progressait à la vitesse d'une vieille dame.

Tous les joueurs des Flammes se sont mis à crier avec Boum Boum :

— Retourne-toi, Kevin!

Kevin s'est docilement retourné, et s'est mis à patiner à reculons. On aurait dit une tortue soudainement pourvue d'un moteur à réaction. En quelques foulées puissantes, il s'est propulsé sur la glace, entraînant la rondelle au creux de son bâton.

Alexia s'est élancée pour le rattraper.

— À gauche! lui a-t-elle jeté, car il patinait à l'aveuglette. C'est ça! Tout droit, maintenant! À droite, vite!

Kevin a suivi ses indications, croisant adroitement les pieds au besoin.

Les Vaillants étaient décontenancés. Leurs séances d'entraînement visaient toutes sortes de situations, mais celle-là était complètement inattendue. Comment mettre en échec un gars qui s'approche tout en ayant l'air de s'éloigner?

— Arrêtez-le! a crié l'entraîneur des Vaillants.

Les cinq joueurs se sont précipités sur Kevin et l'ont encerclé. Mais il était trop tard : c'est Alexia qui avait maintenant la rondelle. Elle a fait une passe à Jean-Philippe, qui a aussitôt frappé la rondelle vers Cédric. Le reste était du pur Cédric Rougeau : d'abord, une feinte de tir du poignet, puis, au dernier moment, un habile lancer du revers pour projeter la rondelle dans le filet.

Dans le vestiaire, après la deuxième période, l'entraîneur a déclaré aux joueurs d'une voix rauque :

— Écoutez, les gars! Ils ne mènent que par deux machins! Nous sommes encore dans la patente!

Il avait peut-être raison. En effet, lorsque les équipes sont retournées sur la patinoire, une pénalité pour accrochage a donné l'avantage numérique aux Flammes. Mais le style brutal des Vaillants faisait d'eux les champions du désavantage numérique. Ils bloquaient toutes les attaques et les Flammes perdaient beaucoup de temps à aller chercher la rondelle dans leur propre zone. Kevin a même tenté une autre attaque à reculons, mais il a dévié et percuté la bande de plein fouet.

L'attaque à cinq était presque terminée lorsque Cédric a pris possession de la rondelle au centre de la patinoire.

— Ne sors pas de la zone! a-t-il crié à Carlos, qui se dirigeait vers la ligne bleue à la vitesse d'un train express.

Cédric a fait la seule chose possible pour éviter un hors-jeu : il a frappé la rondelle dans la zone adverse avant que Carlos y parvienne. La rondelle a rebondi dans un coin, puis est revenue en plein sur le bâton de Carlos.

Ce dernier a été si surpris de la voir là qu'il n'a pas vraiment réussi son tir. Le gardien n'était pas prêt non plus et a repoussé la rondelle, qui a rebondi devant lui. Alexia arrivait justement près du filet. De son bras gauche, elle a retenu un défenseur, et du droit, elle a frappé la rondelle.

Toc!

La rondelle a glissé entre les jambes du gardien. Les Flammes talonnaient maintenant leurs adversaires, avec un compte de 3 à 2.

L'équipe était au comble de l'enthousiasme. Sans vouloir offenser Cédric, c'était la première fois qu'un Marsois marquait un but dans la Ligue Droit au but de Bellerive. J'aimerais pouvoir dire que cela a motivé les Flammes et qu'ils ont remporté le match. Ça aurait mérité la une de *Sports Mag*.

Malheureusement, ça ne se passe pas comme ça dans la vraie vie. Voici ce qui est arrivé. Les Vaillants se sont fait gronder pour avoir été déjoués par une fille et ils sont revenus en force, prêts à nous anéantir. En un rien de temps, ils ont bombardé Jonathan et marqué trois autres buts. Un revirement étourdissant. À un moment, nous les talonnions; et l'instant d'après, ils menaient 6 à 2.

C'est déprimant quand la victoire est hors de portée, mais il faut continuer à jouer jusqu'à la fin. Pour les Vaillants c'était la victoire assurée, et les Flammes allaient perdre. Rien n'aurait pu changer ça. Le jeu s'est donc relâché.

Puis, à moins d'une minute de la fin de la partie, cet horrible William a fait une échappée du côté gauche. J'étais furieux que cette brute se voit offrir l'occasion de faire un tour du chapeau.

Les Flammes se trouvaient tous à l'autre extrémité de la patinoire. Jonathan était donc une cible facile.

— Noooon!

Tout à coup, surgissant de nulle part, Alexia a traversé la patinoire comme une flèche, s'est baissée et a percuté William en plein ventre avec son épaule.

Ce dernier a volé dans les airs avec un cri de terreur. Il a d'abord survolé Alexia, puis la bande, atterrissant tête première au milieu du banc de son équipe. Ses coéquipiers se sont dispersés pour se mettre à l'abri. Pas un seul n'est resté debout. Dans un jeu de quilles, cela aurait compté pour un abat.

La sirène a retenti. La marque finale : 6 à 2 pour les Vaillants.

Après que les joueurs ont félicité Alexia pour sa mise en échec, le silence s'est installé dans le vestiaire. On n'entendait aucun bruit de conversation.

Jonathan frappait ses jambières avec une force exagérée pour en faire tomber la neige.

— Six autres buts, a-t-il marmonné. J'en ai laissé passer 18 en 2 matchs seulement. C'est une moyenne de buts contre de 9.

— Si c'est tout ce qu'on arrive à faire après tout le temps qu'on a passé à s'entraîner, on est vraiment poches, a gémi Kevin.

Cédric a eu l'air surpris.

— Notre jeu était mille fois meilleur que la semaine dernière, a-t-il répliqué.

— Tu n'as pas besoin de faire semblant d'être loyal, a grogné Alexia. On est peut-être des Martiens, mais on sait lire un tableau de pointage.

— Ce n'est pas une question de loyauté, mais de bon sens, a répondu sèchement Cédric. Les Vaillants jouent très bien, mais on leur a quand même tenu tête pendant deux périodes et demie. C'est une grosse amélioration.

Personne n'a ajouté quoi que ce soit, mais les Flammes ont redressé l'échine.

L'entraîneur est entré en coup de vent :

— Je vous invite tous à mon magasin pour manger des burritos aux algues et des bidulotrucs. Toi aussi, Cédric. Je te ramènerai chez toi ensuite.

— Heu, non merci, a répondu Cédric d'un air embarrassé. Je suis... occupé.

— Belle façon de démontrer ton esprit d'équipe! a lancé Alexia d'un ton sarcastique.

La fille qui avait réussi à renverser toute l'équipe des Vaillants d'un simple coup d'épaule a jeté ses patins sur son épaule et s'est dirigée vers la porte.

Le regard de Jonathan a croisé celui de Cédric.

— Te crois-tu encore obligé de la protéger? a demandé le gardien avec un sourire ironique.

Cédric a secoué la tête.

— J'ai toujours pensé que l'équipe des Vaillants était la plus coriace de la ligue, a-t-il répondu. J'avais tort. L'équipe la plus coriace est celle où joue ta sœur!

Quand Cédric sera un joueur professionnel et qu'Alexia sera la première femme à entrer dans la LNH, *Sports Mag* se jettera sûrement à mes pieds pour obtenir cette déclaration!

Chapitre 8

Monsieur le Président
Les Friandises Boules-en-folie

Cher monsieur,
J'aimerais commander certains de vos délicieux produits. Pourriez-vous me faire parvenir, par courrier prioritaire, des gros bonbons durs assortis pour une valeur de 20 $? (avec des ultrarachides supplémentaires, si possible)
Cette commande est URGENTE.
Attention de ne pas envoyer de boulettes farcies!
Recevez mes meilleures salutations,

— Clarence! a crié ma mère. Mets ton manteau! Tu vas manquer l'autobus!
Ça m'était égal. Il fallait que ma lettre parte ce jour-là.

Que devais-je mettre comme signature? Si un colis portant le nom « Aubin » arrivait au bureau de poste, il serait remis à ma mère. Autrement dit, 20 $ gaspillés et beaucoup de bonbons durs à la poubelle! J'ai frissonné. Rien que d'imaginer des ultrarachides dans les ordures, je frémissais.

J'ai entendu les pas de ma mère dans l'escalier.

— Clarence...

Oh non! Elle était à ma porte! Si elle me surprenait avec cette lettre...

J'ai signé le premier nom qui m'est venu à l'esprit : Guy Lafleur, mon joueur de hockey préféré de tous les temps. Puis je me suis empressé de mettre le tout dans une enveloppe et de la sceller.

Je l'ai dissimulée pendant que ma mère me poussait vers la porte. J'en ai presque oublié mon carnet de journaliste, tellement elle me bousculait.

J'avais le choix : je pouvais poster ma lettre ou attraper l'autobus.

J'ai couru jusqu'à la boîte aux lettres. Au même moment, j'ai vu l'autobus passer en grondant sur le pont. L'autobus municipal ne passerait pas avant une heure et je ne pensais pas que c'était une bonne idée de demander à ma mère de me conduire à l'école, si je voulais éviter un sermon.

J'ai donc fait trois kilomètres à pied jusqu'à l'école. Évidemment, avec tout ça, j'avais apporté seulement un gant. La main qui me sert à prendre des notes était presque gelée! Et c'était une journée où je devais prendre plein de notes. J'avais prévu de faire des entrevues avec les joueurs, à la récréation. J'avais besoin d'une main dégelée et prête à courir sur le papier.

Ces entrevues étaient ma plus récente idée. Jusqu'à maintenant, mes notes comprenaient beaucoup de statistiques, de pointages et de faits saillants. Mais je voulais aussi montrer un côté plus humain des Flammes à mes lecteurs.

J'ai donc posé des questions personnelles aux joueurs. C'est ainsi que j'ai appris que le père de Benoît souffrait du pied d'athlète; qu'à l'âge de deux ans, Kevin voulait devenir un chien et mangeait tous ses repas sous la table; que Marc-Antoine Montpellier collectionnait les savons d'hôtels et s'apprêtait à faire de même avec les shampoings et les bonnets de douche.

J'ai également obtenu quelques déclarations intéressantes, dont celle de Jonathan :

« Je sais que nous nous améliorons. Et nous allons commencer à gagner; ce n'est qu'une question de temps. »

Ou ce classique de Jean-Philippe, au sujet de son lancer de pénalité désastreux :

« Je ne comprends pas ce qui s'est passé. Il doit y avoir eu un coup de vent. »

Que pouvait-on répondre à ça? Il faudrait un sacré coup de vent pour arracher l'équipement de quelqu'un! Mais, question encore plus importante, d'où pourrait provenir une telle tornade à l'intérieur d'un aréna fermé?

Carlos a ajouté son grain de sel :

« Je ne comprends pas ce hors-jeu. La rondelle n'était même pas sortie du jeu. Et moi non plus! »

Il m'a aussi raconté sa blague préférée, mais j'ai dû oublier un détail en la notant, car je ne la comprends pas.

J'ai poursuivi mes entrevues.

— Pourquoi veux-tu savoir ça? a lancé Cédric d'un air soupçonneux quand je lui ai demandé quelle était sa couleur préférée.

— Tu ferais mieux de t'habituer à ce genre de question si tu veux devenir un joueur de hockey professionnel, lui ai-je conseillé. Le magazine *Sports Mag* adore ces détails.

Il a réfléchi.

— Bleu, je crois. Non, vert. La couleur des Flammes.

J'en ai pris note, puis je lui ai souri :

— Est-ce une question de loyauté?

— Quand mes soi-disant amis des Pingouins liront la *Gazette*, je veux qu'ils sachent que tout va bien pour moi, a-t-il répondu avec une grimace.

J'ai senti mes antennes frétiller. Je flairais un sujet d'article là-dessous.

— Alors, ai-je commencé en cherchant mes mots, tu te considères comme un joueur des Flammes ou des Pingouins?

Il a eu l'air embarrassé.

— Je ne sais pas. J'essaie d'être un bon joueur des Flammes. Mais mon renvoi de l'équipe des Pingouins était plutôt injuste.

J'ai hoché la tête, car j'étais désolé pour lui.

— Mais ce n'était pas la faute des Flammes, ai-je senti le besoin d'ajouter.

— Je le sais bien, a-t-il dit d'un ton morne. Vous m'excuserez si je ne suis pas aussi loyal que je devrais l'être. Ce n'est pas très agréable, comme situation!

J'étais bien d'accord avec lui.

— Je suppose que ça n'a pas aidé, quand Rémi et Olivier ont décidé de faire équipe sans toi au cours de français?

— Ne m'en parle pas! a-t-il grogné. Ce projet me rend fou! Je fais une recherche sur le trophée Selke, celui qui récompense le meilleur attaquant défensif de la LNH. Il était censé y avoir deux livres là-dessus à la bibliothèque, mais j'ai seulement pu en trouver un. Alors, je suis coincé avec une moitié de projet.

— Dommage, ai-je dit en bâillant.

Je ne croyais pas que *Sports Mag* serait intéressé par une histoire de livres de bibliothèque manquants. C'était encore pire que les histoires de Benoît au sujet de sa chenille apprivoisée. Le problème avec ces détails personnels, c'est qu'ils peuvent être vraiment assommants.

Il ne me restait plus qu'une entrevue à faire. J'avais réservé Alexia pour la fin parce que, honnêtement, elle me faisait peur. Elle n'avait pas beaucoup de patience avec les journalistes.

— Laisse-moi tranquille, Tamia! m'a-t-elle lancé quand j'ai fini par la trouver à la cafétéria.

— S'il te plaît, réponds-moi, l'ai-je suppliée. Tu es la seule fille de la ligue. Le public veut en savoir plus sur toi.

— Bon, a-t-elle dit en soupirant, tu l'auras voulu! Ma couleur préférée est le noir, mon aliment favori est le poisson frit et mon passe-temps est de répondre à des questions idiotes.

J'avais déjà écrit la moitié de ses propos lorsque je me suis rendu compte qu'elle se fichait de moi. J'ai commencé à m'éloigner.

— Reviens, Tamia. Je suis désolée.

Je savais qu'elle était sincère, car elle parlait à voix basse. Elle a désigné son plateau.

— Tiens, prends une frite. Je suis de mauvaise humeur. J'ai perdu toute la matinée à la bibliothèque, à attendre qu'un crétin rende le livre *Les gagnants du trophée Selke*.

Je l'ai regardée fixement.

— Tu veux dire le trophée du meilleur attaquant défensif?

— Oui, a-t-elle répondu. C'est mon sujet de recherche. Je suis impressionnée de voir que tu le connais, Tamia. Tu dois être un vrai maniaque de hockey. Pas comme ce crâneur de Cédric! Tout ce qui l'intéresse, c'est son image. Comment saurait-il ce qu'est un attaquant défensif?

— Heu, justement... ai-je commencé.

— J'ai pris un autre livre, *L'histoire du trophée Selke*, a-t-elle poursuivi sans m'écouter. Ça m'a permis de parler des origines du trophée. Mais je ne peux pas finir mon travail sans le livre qui parle des gagnants. Et celui qui l'a emprunté ne le rapporte pas!

Alors que j'étais sur le point de lui apprendre que Cédric avait le livre en question, mes antennes de journaliste se sont mises à vibrer. Cela pourrait faire partie de mon reportage sur les Flammes. Si je disais à Alexia et Cédric qu'ils avaient choisi le même sujet de recherche, c'est moi qui créerais la nouvelle au lieu de la rapporter tout simplement. Les bons journalistes se contentent d'observer; ils ne prennent pas part aux événements.

J'ai réfléchi à toute vitesse, et je me suis dit qu'il n'y avait pas de règle concernant les allusions.

— Tu devrais voir si M. Lambert ne te laisserait pas faire une annonce au micro! Tu pourrais alors demander qui a emprunté le livre.

— Et donner l'occasion aux élèves de rire de la Martienne qui pense savoir jouer au hockey? Non, merci!

Un peu plus tard, j'ai croisé Cédric et lui ai fait la même suggestion.

Il a haussé les épaules.

— Je ne veux pas parler au micro. De toute façon, ce livre a probablement été volé il y a cinq ans!

Le mieux que je pouvais faire était de les laisser se débrouiller, en espérant qu'ils ne seraient pas recalés en français.

Dans des moments pareils, l'espace vide dans ma joue me semble aussi gros qu'une caverne. Un journaliste a tant de responsabilités!

Chapitre 9

Faire une entrevue avec Boum Boum Blouin équivalait à interroger une personne originaire d'Ouzbékistan qui répondrait dans sa propre langue. D'après ce que j'ai pu comprendre, l'entraîneur des Flammes est né dans une ferme quelconque des environs de Mars, en mille neuf cent quelque chose. Il avait deux frères et trois patentes. Son père élevait des machins, mais la ferme produisait également des gugusses et des bidules. Sa mère gagnait un peu d'argent supplémentaire en vendant des trucmuches.

Après un moment, Mme Blouin m'a pris en pitié et s'est chargée de la traduction. S'il était difficile d'interroger Boum Boum, il était carrément impossible d'interviewer sa femme. Elle était si spectaculairement belle qu'on ne pouvait s'empêcher de la contempler. Elle m'a tout raconté, décrivant leur première rencontre et me donnant des détails sur la carrière de son mari. Après une vingtaine de minutes, j'ai baissé les yeux sur mon carnet. J'avais écrit un seul mot : *arbres*. Je ne sais toujours pas ce que ça pouvait bien vouloir dire.

Les Blouin étaient les gens les plus sympathiques du monde. Je ne faisais même pas partie de l'équipe, et ils me traitaient de la même façon que leurs joueurs, comme si j'étais un membre de la famille. Je peux vous dire que le fait de rebondir à l'arrière de ce camion de livraison, en s'accrochant désespérément à un sac de son d'avoine, avait de quoi donner l'impression de *vraiment* faire partie du groupe!

Les Blouin semblaient heureux de passer du temps avec nous et de nous servir des collations et des repas. Selon une règle tacite, nul n'allait jamais dire à ces deux personnes formidables à quel point leur nourriture était horrible.

Alors, nous mangions. Et nous poussions les aliments tout autour de notre assiette pour donner l'impression d'en laisser moins. Les plus malins portaient des vêtements munis de poches pour pouvoir y dissimuler les trucs franchement dégueulasses qu'ils jetaient à la poubelle une fois rentrés à la maison. Nous étions tous jaloux de Carlos, qui avait l'une de ces vestes safari pourvues de 21 poches. Il pouvait y engouffrer tout un pâté au tofu et avait encore de l'espace pour six muffins aux carottes biologiques.

Ce vendredi-là, l'équipe revenait d'un entraînement à l'aréna de Bellerive.

— Ça alors! s'est exclamée la femme de l'entraîneur en

déposant un nouveau pâté au tofu sur la table. Vous êtes du genre à vider vos assiettes!

L'entraîneur était enchanté des progrès de l'équipe.

— Votre patinage s'est nettement amélioré, a-t-il remarqué. Vous pouvez vous comparer à n'importe quel bidule de la ligue. La prochaine fois, je voudrais qu'on travaille les bras. Chaque matin à la première heure, et chaque soir avant de dormir, vous me ferez 30 machins-trucs.

— Tractions au sol, a traduit sa femme.

Jean-Philippe a tenté de donner un morceau de pâté au chien des Blouin, Zigoto.

Zigoto n'en voulait pas.

— Il faut choisir un capitaine, a poursuivi Boum Boum. Je dois donner le nom à la prochaine patente de la ligue. Avez-vous des suggestions?

Benoît a haussé les épaules :

— C'est évident : Cédric.

— Oh, je t'en prie! a grogné Alexia. J'en ai plein le dos d'entendre parler des talents de Cédric Rougeau!

— C'est notre meilleur joueur, Alex, a dit Jonathan. Le meilleur joueur de la ligue!

— J'entends déjà les jeunes de Bellerive rire de nous, a grogné Alexia. « Ces Martiens ne peuvent même pas choisir un capitaine qui vient de Mars! » Cédric nous traite comme des ordures, et vous voulez lui rendre hommage? Peuh!

— Un instant! a lancé Boum Boum. Il s'agit d'une

patente d'équipe, et on n'insultera personne ici. Surtout pas un absent.

— Justement, a repris Alexia d'une voix dangereusement basse. Il n'est pas ici. Il n'est jamais ici. Comment pourrait-on avoir un capitaine qui n'assiste même pas à nos patentes d'équipe?

Nous avons gardé le silence en réfléchissant à ce qu'elle venait de dire. C'était vrai, Alexia pouvait être une rouspéteuse de première, mais quand elle inversait le volume, elle avait habituellement raison.

— Bon, c'est assez... a commencé l'entraîneur.

À cet instant précis, les clochettes de la porte du magasin ont tinté. Nous avons tous levé les yeux.

Cédric venait d'entrer, hors d'haleine. Il avait l'air d'avoir couru les trois kilomètres qui nous séparaient de Bellerive.

— Cédric! s'est écrié Jonathan, ravi.

Nous lui avons fait le genre d'accueil qu'on réserve à quelqu'un qui revient d'une expédition de cinq ans en Arctique : tapes dans le dos, poignées de main, etc. Alexia avait l'air complètement dégoûtée.

Cédric a promené son regard dans le magasin.

— Ah! vous êtes encore tous là! s'est-il exclamé d'une voix essoufflée.

— Calme-toi, a dit Mme Blouin. Reprends ton souffle. Tiens, bois ça, a-t-elle ajouté en lui tendant un verre.

Il devait avoir très soif, car il l'a vidé en trois gorgées. Puis il a commencé à s'étouffer.

— C'est du cidre de navet, lui ai-je chuchoté à l'oreille. Ne t'en fais pas : le goût disparaît après une ou deux heures.

Cédric a enfin repris son souffle.

— Rémi Fréchette est passé chez moi. Il m'a dit que les Flammes ne faisaient pas encore partie de la ligue à 100 %. Il ne s'agit que d'une période d'essai.

— Il ment! a crié Jonathan. Comment le saurait-il?

— Son oncle est le président de la ligue, a répliqué Cédric, avant de se tourner vers Boum Boum. Étiez-vous au courant, monsieur Blouin?

L'entraîneur s'est tortillé sur sa chaise, l'air embarrassé.

— Je ne voulais pas vous inquiéter, a-t-il admis. Mais c'est vrai. Ce M. Machin...

— Fréchette, a complété sa femme. Il ne voulait pas nous accorder une adhésion complète, même si Boum Boum offrait d'être entraîneur *et* commanditaire.

— Vous voulez dire qu'ils vont nous rejeter de la ligue? a gémi Carlos.

— Peut-être pas, a tenté de nous rassurer l'entraîneur. La prochaine réunion de la patente est le 15 novembre. C'est à ce moment-là qu'ils décideront s'ils nous acceptent ou non.

Un brouhaha de protestations a envahi le magasin d'aliments naturels. Même Zigoto hurlait.

— Attendez une minute!

La voix douce d'Alexia a submergé le tumulte comme un seau d'eau sur un feu de camp. Elle a jeté un regard méfiant à Cédric :

— Rémi Fréchette ne peut plus te sentir! Comment se fait-il que vous ayez eu une conversation intime au sujet du sort de notre équipe de hockey?

— Il voulait que je revienne dans l'équipe des Pingouins, a répondu Cédric d'un air penaud. Son oncle lui a dit que si les Flammes se faisaient renvoyer de la ligue, je pourrais revenir au sein de mon ancienne équipe.

— Eh bien, félicitations, a-t-elle lancé d'un air faussement chaleureux. C'est ce que tu voulais depuis le début, non?

Cédric était si furieux qu'on pouvait presque voir de la fumée sortir de ses oreilles.

— *Mais c'est quoi, ton problème*? a-t-il rugi. Depuis quand as-tu un pouvoir spécial pour lire les pensées des autres? Tu n'as aucune idée de ce que je veux!

— Alors, qu'as-tu répondu à Rémi? ai-je demandé, faisant de mon mieux pour avoir l'air d'un journaliste dans cette situation hyper tendue.

Les yeux de Cédric ont lancé des éclairs :

— Je lui ai dit que je ne retournerais pas avec ces Pingouins minables même si on me promettait de faire graver mon nom sur la Coupe Stanley!

— S'ils refusent de nous garder dans la ligue, tu n'auras pas le choix, a fait remarquer Jonathan.

L'entraîneur a pris la parole :

— M. Machin peut annuler notre adhésion seulement s'il peut prouver que l'équipe des Flammes n'est pas assez compétitive.

— Mais elle l'est! s'est exclamé Benoît. En tout cas, d'une certaine manière...

— Nous allons le leur prouver! a dit fermement Cédric.

Alexia s'est levée d'un bond.

— *Nous*? a-t-elle répété d'un ton sarcastique. Alors, maintenant que ta précieuse carrière est en jeu, tu fais partie de notre groupe?

— Bon, j'admets que je ne suis pas content d'être dans cette équipe! s'est écrié Cédric. Mais j'en fais partie quand même. On est dans le même bateau!

— Comment peut-on prouver qu'on est à la hauteur si le reste de la ligue nous déteste? a demandé Jean-Philippe.

— En gagnant! a répondu Cédric. Ils ne pourront pas nous accuser de ne pas être assez compétitifs si on bat une des autres équipes.

Tous les yeux se sont tournés vers l'entraîneur.

— Là, vous parlez comme une bidule! s'est exclamé Boum Boum.

— Une équipe, a traduit sa femme.

— Il reste deux matchs d'ici la réunion du 15 novembre, a continué Cédric. Contre les Aigles dimanche, et contre les Pingouins le 12. On n'a aucune chance de battre les Pingouins. Ils sont trop forts.

— On va terrasser les Aigles! a lancé Carlos, avant de regarder autour de lui d'un air inquiet. N'est-ce pas?

— Les Aigles sont des moineaux plutôt solides, a déclaré Boum Boum.

On percevait dans sa voix toutes les années d'expérience d'un homme qui avait passé la majeure partie de sa carrière le dos au mur.

— Mais nous les battrons, a-t-il ajouté. Il le faut. Nous n'avons pas le choix.

Chapitre 10

En se réveillant le dimanche matin, les Flammes étaient terrifiés. Bien sûr, je ne pouvais pas en être certain. En tout cas, moi, j'étais terrifié, et je n'étais que le journaliste de l'équipe. Je pouvais donc imaginer ce que les joueurs ressentaient.

Qui aurait cru que cette partie de début de saison allait décider du sort de la nouvelle équipe de Mars? Ce n'était que le troisième match des Flammes, et le mois de novembre venait à peine de commencer. Comment se faisait-il que nous devions déjà jouer le tout pour le tout?

Tout allait se décider pendant ces trois périodes de 15 minutes. Les heures d'entraînement, les étirements, les exercices... Sans oublier les jours où un nombre si grand de joueurs des Flammes faisaient du jogging dans les rues de Mars que la ville ressemblait à une piste de course à pied. Et aussi, bien sûr, un article signé par un journaliste de sixième année au sujet d'une équipe Cendrillon. Tout cela disparaîtrait si les Flammes ne remportaient pas la victoire ce jour-là.

J'ai secoué la tête pour chasser ces idées noires. Il ne fallait pas voir les choses ainsi. Je me suis rappelé la philosophie de Boum Boum ; nous *allions* gagner, parce que nous *devions* gagner.

Tout en me dirigeant vers le magasin d'aliments naturels, j'ai remarqué une brique posée sur la rangée de boîtes aux lettres au bout de ma rue. Qu'est-ce qu'elle faisait là? Je me suis approché. Quelqu'un l'avait utilisée comme presse-papiers pour retenir un papier jaune. J'allais m'éloigner quand j'ai aperçu le nom sur le papier : G. Lafleur.

J'ai pris le papier et l'ai embrassé. C'était un avis de livraison de colis! Ma commande de Boules-en-folie m'attendait au bureau de poste! La note devait avoir été glissée dans la mauvaise boîte aux lettres parce que le facteur n'avait jamais entendu parler de G. Lafleur. Elle aurait pu se perdre! Heureusement, un merveilleux voisin, honnête et consciencieux, l'avait placée sous une brique à mon intention! Je l'avais enfin, mon billet d'entrée pour le paradis des gros bonbons durs! Je n'osais pas croire à ma chance.

J'ai presque flotté jusqu'au magasin des Blouin. Le lendemain, après l'école, j'irais remplir l'espace creux dans ma joue une fois pour toutes. Tamia Aubin était de retour!

J'ai trouvé Boum Boum, la tête enfouie sous le capot

de son camion.

— Il y a un problème? lui ai-je demandé, inquiet.

Il a sorti la tête avec une expression perplexe.

— Je voulais le faire démarrer parce qu'il m'a causé quelques ennuis hier. Je croyais qu'il avait besoin d'un nouveau machin, ou bien qu'un des trucs du bidule était resté collé. Mais aujourd'hui, le moteur tourne comme celui d'une Rolls Royce! Quelle chance, hein?

La chance se manifestait tout autour de nous ce matin-là. Le père d'Alexia et de Jonathan venait de retrouver une pièce de casse-tête disparue depuis 1978. La télé de Carlos s'était mise à capter toutes les stations de télé gratuitement. Le mal de dents de Benoît était miraculeusement guéri. Et la souris que la famille Imbeault essayait de piéger dans son sous-sol depuis la naissance de Kevin venait enfin de mourir.

— Je ne voudrais pas attirer le malheur, a dit Jean-Philippe en empochant le dollar qu'il venait de ramasser sur le trottoir, mais peut-être que la chance va enfin tourner.

Cédric nous attendait devant l'aréna.

— J'ai retrouvé mes lacets porte-bonheur! nous a-t-il dit avec un grand sourire.

Les Aigles étaient commandités par le magasin d'animaux Nos amis à plumes. C'était la seule équipe pourvue d'une mascotte : un mainate appelé Cui-cui. Il était dans une cage posée sur le banc, et répétait la seule phrase qu'il connaissait :

— Cwâ! Allez, les Aigles!

— Écoutez donc cette bête idiote! a commenté Cédric pendant l'échauffement.

— J'aime les volatiles, a dit Alexia en haussant les épaules. Surtout frits!

Les Flammes ont obtenu le meilleur banc, près des fontaines. Nous n'avions jamais eu ce banc auparavant! Je me suis laissé aller à espérer (un petit peu) que la chance qui avait apporté ma commande de gros bonbons durs allait s'étendre au dénouement de la partie.

Les Flammes avaient l'air en forme pendant la période d'échauffement. Ça n'aurait pas dû m'étonner. Après tout, j'avais assisté à chaque entraînement. Les passes étaient efficaces, les coups de patin, puissants, et les lancers, précis. Quant à Jonathan, il semblait faire preuve de vigilance devant le filet.

Toutefois, les joueurs étaient tendus. Ils avaient peur. Et ce n'était rien à côté de Boum Boum : ses yeux étaient encore plus écarquillés que d'habitude et sa queue de cheval pendouillait, trempée de sueur, même s'il faisait froid dans l'aréna.

Avant la mise au jeu, il a rassemblé les joueurs pour un petit discours de motivation. Ses propos étaient si parsemés de trucs, de bidules et de machins qu'une équipe de traducteurs de l'ONU n'aurait pas pu les déchiffrer. Mais l'émotion dans sa voix disait tout : cette partie était cruciale.

Dès le début, la stratégie des Aigles était évidente :

bloquer Cédric pour freiner les Flammes. Ils l'ont plaqué avec le bâton, l'épaule et la hanche, l'ont harponné, se sont mis à deux et même à trois contre lui.

Il n'a pas fallu longtemps à Cédric pour trouver un moyen de prendre sa revanche. Un rassemblement autour de lui signifiait qu'Alexia et Jean-Philippe avaient le champ libre.

À peine une minute après le début de la partie, notre centre a attiré trois Aigles dans un coin. Il a reçu quelques coups, mais a réussi à passer la rondelle à Alexia, seule devant le cercle de mise au jeu. Elle a levé son bâton pour feinter un lancer frappé. À la dernière seconde, elle a fait une passe tout en finesse à Jean-Philippe, qui filait vers le but. Il s'est avancé juste à temps pour intercepter la rondelle et la faire entrer dans le coin du filet.

Les partisans des Flammes ont bondi sur leurs pieds en hurlant. J'ai crié avec eux, tout en cherchant mon crayon. J'avais déjà mon titre : *Les Flammes démarrent en force*. Nous n'avions jamais mené avant ce jour! Si nous pouvions continuer sur notre lancée, nous pourrions sauver l'équipe!

Les joueurs des Flammes se sont réjouis, mais Jean-Philippe était particulièrement ravi. Pour lui, ce but effaçait le lancer de pénalité désastreux de la première partie. Bien après que la foule eut retrouvé son calme, on entendait encore résonner sa voix triomphante dans l'aréna... ainsi que le cri lancinant de la mascotte Cui-cui :

— Cwâ! Allez, les Aigles!

Les Aigles n'ont pas perdu de temps pour répliquer. Ils

avaient dans leurs rangs Thomas Coulombe, le meilleur défenseur de la ligue. Il était de la taille d'un petit de troisième année, mais patinait comme un pro! Il a traversé la patinoire et s'est retrouvé seul devant Kevin. Tant qu'il patinait à reculons, Kevin était aussi rapide que Thomas. Mais dès qu'il s'est retourné, il s'est écroulé, et Thomas a pu faire une échappée. Il a d'abord fait une feinte, puis a projeté la rondelle entre les jambes de Jonathan. Égalité, 1 à 1. Nous avions perdu notre avance.

— Cwâ! Allez, les Aigles!

Malgré le pointage, les Aigles semblaient surpris, je dirais même nerveux. Ils s'étaient attendus à avoir la partie facile avec cette équipe qui était la risée de la ligue. Pourtant, ces Martiens jouaient dur et avaient un coup de patin solide.

Il y a tout de même eu quelques gaffes, comme lorsque Jean-Philippe a patiné tout droit sur la bande et s'est pratiquement enfoncé le bâton dans le ventre. Ou quand Kevin a été désorienté pendant l'une de ses attaques à reculons, faisant demi-tour et fonçant sur son propre but. Comme il était de dos, il ne pouvait pas voir que sa cible était Jonathan, le gardien de sa propre équipe. Alexia a dû se jeter sur lui et le mettre en échec pour l'empêcher de marquer un but.

Une fois assis sur le banc, Kevin s'est offusqué :

— Pourquoi m'as-tu frappé?

— Tu allais marquer un but, a expliqué calmement Alexia. Pour l'autre équipe.

— Quelqu'un aurait dû m'avertir, a-t-il répliqué d'un air boudeur.

— *Tout le monde t'a averti!* a lancé Alexia. Tu n'as pas entendu nos cris?

— Je n'entendais que la mascotte des Aigles, a dit Kevin. Sa voix pourrait fracasser des vitres!

C'était vrai. Cette bête idiote criait de plus en plus fort. Il devait y avoir 250 personnes qui criaient dans l'aréna, et ce cri perçant dominait tous les autres bruits.

— Cwâ! Allez, les Aigles!

Mais c'est Cédric qui était le plus ennuyé :

— Quand j'étais avec les Pingouins, on collait une affiche de mainate dans le vestiaire chaque fois qu'on affrontait les Aigles. On lui lançait des fléchettes entre les périodes.

Alexia lui a fait un sourire doucereux :

— Je me demande sur quelle photo ils lancent des fléchettes, maintenant.

— Ne nous laissons pas distraire par ce volatile, a dit Boum Boum. Nous allons remporter la patente.

Des cris enthousiastes ont accueilli les deux équipes à leur retour sur la glace pour la deuxième période. Ce match était en train de devenir l'un des plus excitants de la saison. Les partisans de Bellerive et de Mars avaient une chose en commun : ils aimaient voir une bonne partie de hockey.

Les Aigles ont marqué en premier, prenant ainsi la tête avec un pointage de 2 à 1. Puis Benoît a reçu une pénalité pour avoir fait trébucher un adversaire. La situation était tendue pour les Flammes. S'ils laissaient passer un but en désavantage numérique, les Aigles auraient deux buts d'avance. Dans une partie aussi serrée, ça représenterait un écart de taille.

J'ai serré les mâchoires. Assez de pensées négatives! Pour me changer les idées, j'ai imaginé le bureau de poste de Mars. Dans ce petit édifice en bois se trouvait une grosse boîte de bonbons durs qui portait mon nom. Heu... bon, le nom de Guy Lafleur. Mais les bonbons étaient à moi.

L'entraîneur Blouin a envoyé Alexia rejoindre Kevin à la défense. La rondelle est tombée, et les quatre joueurs des Flammes se sont disposés en carré devant le but pour protéger Jonathan.

Les Aigles étaient très forts en avantage numérique, grâce surtout à Thomas Coulombe. Il se plaçait toujours juste à l'intérieur de la ligne bleue. On ne pouvait jamais deviner ses intentions. Il pouvait avoir recours à sa vitesse phénoménale pour foncer vers le but, ou encore il pouvait décocher un lancer frappé cinglant, pas du genre boulet de canon, mais un redoutable tir bas et précis.

Les Flammes se démenaient et s'efforçaient de dégager la rondelle, mais avec Thomas à la ligne bleue, c'était pratiquement impossible. Il a intercepté un lancer d'Alexia et a décoché un lancer frappé en direction du filet.

Jonathan a fait un arrêt avec son bâton, ce qui a fait rebondir la rondelle.

— Oh non! a gémi notre gardien.

La rondelle s'est dirigée tout droit vers le centre des

Aigles. Sans réfléchir, Jonathan est sorti du filet et a tenté de reprendre la rondelle avec son bâton. Mais le centre l'a interceptée et l'a passée à Thomas, qui se trouvait à la pointe.

Je me suis levé d'un bond en hurlant. Je ne sais pas pourquoi. Rien n'aurait pu changer ce qui était train de se produire sur la glace. Thomas avait la rondelle et le but était désert.

Paf!

Il a fait un lancer frappé percutant. Soudain, Alexia s'est jetée dans la trajectoire de la rondelle.

Crac!

La rondelle a frappé sa visière et dévié vers la bande. Alexia s'est écroulée sur la glace et est demeurée là, immobile.

Chapitre 11 [[[[[[

Boum Boum a sauté par-dessus la bande comme un coureur de haies, puis s'est dirigé en glissant jusqu'à la forme inerte d'Alexia.

L'arbitre aussi s'est approché et a demandé à Alexia :

— Est-ce que ça va, mon gars?

Après un moment, elle a répondu :

— Je ne suis pas votre gars, je suis votre fille.

— Une *fille*? s'est exclamé l'arbitre, bouche bée.

Un choc électrique n'aurait pas ranimé Alexia plus vite que ces deux mots.

Elle s'est assise brusquement.

— Et alors? Pensez-vous que les filles ne peuvent pas jouer au hockey? Qu'elles ne peuvent pas bloquer des lancers frappés?

Jonathan, qui était penché par-dessus l'épaule de Boum Boum, a poussé un soupir de soulagement.

— Elle va bien!

Tout en l'aidant à se remettre debout, l'entraîneur a sermonné Alexia :

— Pourquoi as-tu fait une patente aussi dangereuse et imprudente?

— J'avais raté une occasion de dégager la zone, a-t-elle expliqué. Il fallait que je répare mon erreur.

— Cwâ! Allez, les Aigles!

C'était l'opinion de Cui-cui.

Le jeu a repris.

Il y a eu un soupir de soulagement collectif quand les deux minutes ont été écoulées et que Benoît est revenu au jeu. Les joueurs épuisés se sont dirigés vers le banc pour un repos bien mérité, et le deuxième alignement a sauté sur la glace.

L'entraîneur Blouin avait beaucoup travaillé avec ces joueurs pendant l'entraînement, et ça commençait à donner des résultats. Comme il ne pouvait empêcher Carlos d'être constamment hors-jeu, il a montré une autre tactique aux joueurs : aussitôt que la rondelle traversait la ligne rouge, le centre Marc-Antoine Montpellier l'envoyait dans un coin, puis les ailiers se lançaient à sa poursuite.

Carlos était parfait pour ce travail. Il était le plus costaud des Flammes et presque aussi doué qu'Alexia pour les mises en échec.

Cette fois, l'un des défenseurs des Aigles, un jeune du secondaire, l'a battu de vitesse pour s'emparer de la rondelle, mais Carlos l'a plaqué contre la bande. Le joueur adverse s'est efforcé d'immobiliser le jeu et d'amener l'arbitre à siffler. Mais Carlos était un gars qui n'abandonnait jamais. Incapable de bouger son bâton, il a donné un coup de patin sur la rondelle. Elle a rebondi et roulé vers Marc-Antoine, qui l'a renvoyée à Benoît à la pointe. Pendant ce temps, Carlos s'est placé devant le filet, bloquant la vue du gardien des Aigles. Ce dernier n'a vu le lancer de Benoît que lorsqu'il était trop tard pour l'arrêter.

Pointage : 2 à 2.

— Qu'en penses-tu, le moineau? a lancé Carlos en patinant devant la cage de Cui-cui.

— Cwâ! Allez, les Aigles!

À la troisième période, les deux équipes ont accéléré la cadence. J'ai gribouillé une autre idée de titre : *Un match plein d'action*.

Il y a eu des attaques en avantage numérique pour les deux camps, des actes de bravoure de la part des défenseurs, des arrêts miraculeux. Les Flammes luttaient pour leur survie et les Aigles étaient déterminés à ne pas se faire battre par l'équpe qui était la risée de la ligue. Ça donnait un jeu de qualité.

C'était ce dont nous avions toujours rêvé : avoir une équipe sur la glace, jouant sur un pied d'égalité avec les jeunes de Bellerive.

La troisième période s'achevait. Plus que cinq minutes de jeu. Puis deux. L'équipe des Flammes pourrait-elle prendre le dessus?

Puis les choses se sont mises à très mal tourner.

Un lancer frappé foudroyant de Cédric a heurté le poteau. La force du lancer était telle que la rondelle a rebondi jusqu'à la zone neutre. Les Aigles l'ont récupérée et ont attaqué à quatre. Alexia s'est précipitée pour une mise en échec, mais s'est retrouvée aux prises avec le mauvais joueur. Tous deux sont tombés, laissant les trois autres Aigles foncer sur Kevin et Benoît.

Benoît a fait une tentative de harponnage ratée, puis une passe rapide a envoyé la rondelle derrière Kevin. On a donc assisté à une échappée de deux joueurs. Le pauvre Jonathan ne pouvait que regarder, impuissant, la rondelle qui passait d'un joueur à l'autre, pour finalement atterrir dans le filet.

Les Aigles menaient 3 à 2. Il restait seulement 1 minute et 23 secondes de jeu.

— Pas de panique! a lancé Boum Boum paniqué.

Il était debout sur le banc.

— Envoyez la patente dans leur zone pour que je puisse retirer le machin! a-t-il crié aux joueurs qui s'alignaient pour la mise au jeu.

Retirer le gardien? Mon cœur s'est arrêté. C'est l'une des tactiques les plus excitantes au hockey, quand une équipe désespérée remplace son gardien par un sixième joueur pour une attaque de dernière minute.

J'ai grimpé sur mon siège. J'étais si absorbé par la partie que je n'ai même pas pensé à quel point *Sports Mag* adorerait ça.

Cédric avait du mal à entendre les indications que

lançait l'entraîneur.

— Qu'est-ce que vous dites?

Boum Boum a crié encore plus fort :

— Décoche un truc pour que je retire le trucmuche

— Cwâ! Allez, les Aigles! a lancé Cui-cui, énervé par tous ces cris. Cwa! Allez, les Aigles!

Cédric a gesticulé en direction de l'entraîneur.

— Retirer le quoi?

Boum Boum a couru jusqu'à l'extrémité du banc et s'est penché pour être le plus près possible du joueur de centre. Sa bouche n'était qu'à quelques centimètres de la cage de Cui-cui. Et Boum Boum avait une voix de stentor!

— Le trucmuche! Je vais retirer le trucmuche!

Cui-cui a battu frénétiquement des ailes, heurtant les barreaux de sa cage. Puis, en chancelant sur son perchoir, il a gazouillé :

— Cwâ! Le trucmuche!

— Temps mort! a beuglé l'entraîneur des Aigles en fixant Boum Boum d'un regard furieux. Qu'est-ce que tu essaies de faire, Blouin?

Puis il s'est agenouillé devant sa mascotte comme s'il s'agissait d'un joueur blessé.

— Allez, Cui-cui. Répète après moi : Allez, les Aigles!

L'oiseau l'a ignoré :

— Cwâ! Le trucmuche!

L'arbitre s'est approché :

— Qu'est-ce qui ne va pas?

— J'exige une punition pour les Flammes, a rugi

l'entraîneur des Aigles.

— Pourquoi? a demandé l'arbitre.

— J'ai passé deux ans à apprendre à cet oiseau à dire : « Allez, les Aigles! », s'est plaint l'entraîneur. Et maintenant, tout ce qu'il dit, c'est : « Trucmuche! »

— Cwâ! Le trucmuche! a confirmé Cui-cui.

— Vous voyez?

L'arbitre s'est mordu les lèvres en promenant son regard de Boum Boum à l'oiseau, puis sur l'entraîneur des Aigles.

— Je ne connais pas le livre de règlements par cœur, a-t-il déclaré, mais je suis certain qu'il n'y a aucune punition pour la déprogrammation d'un oiseau. Maintenant, préparez vos équipes. Le temps mort est terminé.

Le centre des Aigles a repris sa position dans le cercle, devant Cédric. Mise au jeu!

Cédric s'est jeté sur son adversaire et l'a immobilisé. La rondelle est restée coincée entre leurs quatre patins jusqu'à ce qu'Alexia entre dans la mêlée. Elle a libéré la rondelle, l'a poussée en tricotant au-delà de la ligne rouge, puis l'a projetée dans la zone adverse.

— Retirez le trucmuche! a crié Boum Boum.

— Arrêtez de dire ça! a protesté l'entraîneur des Aigles.

Jonathan s'est dirigé vers le banc des Flammes. Carlos a franchi la bande d'un bond et s'est joint à la ruée dans le coin de la patinoire.

Voilà! Le filet était désert!

Benoît, toujours aussi rapide, est arrivé le premier sur

la rondelle, mais Thomas l'a rejoint avant qu'il puisse faire une passe.

— Dernière minute de jeu! ont crachoté les haut-parleurs.

Je les entendais à peine avec la foule qui criait dans les gradins.

Alexia s'est jetée dans le coin pour aider Benoît. Elle a plaqué le petit Thomas avec la hanche, puis a poussé la rondelle vers Jean-Philippe qui se tenait dans l'enclave et a aussitôt décoché un tir, d'un solide lancer du poignet.

Le gardien a avancé la jambe pour un superbe arrêt avec sa jambière. Cédric a disputé le rebond à deux joueurs adverses.

Les secondes s'écoulaient : 30... 29... 28...

— Cwâ! Le trucmuche! a crié Cui-cui d'une voix perçante.

Les cris de l'oiseau étaient maintenant noyés dans le vacarme qui régnait dans l'aréna.

Thomas a tenté de dégager la zone par un échec-plongeon, mais Kevin a réussi à garder la rondelle dans la zone et l'a renvoyée vers le filet.

16... 15... 14...

La rondelle a frappé la glace juste à l'extérieur de la zone de but. Pendant un moment atroce, elle est restée là, alléchante. Puis une forêt de bâtons se sont entrechoqués pour l'atteindre. Les Flammes luttaient désespérément pour marquer le but égalisateur.

7... 6... 5...

Thomas s'est jeté à genoux pour immobiliser la rondelle, mais Alexia l'a écarté d'un coup d'épaule. Ce faisant, elle a trébuché sur le bâton du défenseur, a perdu l'équilibre et s'est écrasée sur la glace à côté de lui.

3... 2... 1...

Étendue sur le dos, elle a tendu la main par-dessus le défenseur. Se servant de l'embout de son bâton comme d'une queue de billard, elle a frappé la rondelle en direction de Cédric, qui l'a projetée dans un coin du filet.

— Youpiii! ai-je hurlé en bondissant dans les airs comme la fusée de la navette spatiale. Avant de retomber, j'ai pourtant remarqué que la lumière verte, et non la rouge, s'était allumée derrière le filet.

L'arbitre a agité les bras :

— Pas de but! Le temps est écoulé. Les Aigles ont gagné!

Les partisans des Aigles se sont déchaînés.

Je l'admets. J'ai complètement oublié ma promesse de rester neutre à l'égard de mon sujet de reportage.

— Nooon! ai-je crié en bondissant sur le banc des Flammes. Il restait une demi-seconde! Un quart de seconde! Un millionième de seconde!

Boum Boum m'a attrapé avant que je saute par-dessus la bande.

— Le cossin ne fonctionne pas quand le gugusse est allumé, m'a-t-il expliqué avec une expression déconfite.

— Quoi? me suis-je écrié.

Au même moment, je me suis rappelé une règle du

hockey. La lumière rouge est automatiquement bloquée quand l'horloge indique que le temps est écoulé. La lumière verte s'allume alors pour signaler la fin de la partie.

C'était décevant, mais vrai : le but de Cédric était survenu une fraction de seconde trop tard pour sauver les Flammes.

Je ne pouvais toujours pas l'accepter.

— Peut-être que le juge de but a éternué au moment où Cédric marquait et n'a pas pu allumer la lumière à temps? Ou peut-être qu'il a fait exprès d'attendre parce qu'il n'aime pas les Marsois? Peut-être...

J'ai protesté en vain.

Les Aigles triomphants ont transporté leur gardien jusqu'au vestiaire. Boum Boum et les Flammes semblaient sous le choc, comme s'ils n'arrivaient pas à croire ce qui venait d'arriver. Ils avaient disputé la partie de leur vie, mais ça n'avait pas suffi.

— Cwâ! Le trucmuche! a lancé Cui-cui.

— C'est facile à dire! lui ai-je lancé d'un ton sec.

Tu parles d'une malchance! Le samedi suivant, les Pingouins allaient nous anéantir. Et le 15 novembre, l'oncle de Rémi décréterait que l'équipe des Flammes n'est pas assez compétitive pour faire partie de la ligue Droit au but de Bellerive.

Je devais me rendre à l'évidence. Dans les circonstances, il n'y avait qu'un titre possible pour mon article : *La fin du monde*.

||||| Chapitre 12

Le bureau de poste de Mars ouvrait à huit heures. J'étais là à huit heures une minute. Le commis a pris mon avis de livraison et est revenu avec un colis. Il l'a posé sur le comptoir avec un bruit sourd très agréable à mon oreille. Il fallait une grosse quantité de bonbons durs pour produire un tel bruit.

— J'ai besoin d'une pièce d'identité, a déclaré l'homme.

— Pas de problème, ai-je répondu.

Sans réfléchir, j'ai sorti ma carte d'écolier et l'ai posée sur le comptoir.

— Une minute, a dit l'homme en fronçant les sourcils. Tu t'appelles Clarence Aubin, et ce colis est pour Guy Lafleur.

Oups! Avec toutes les émotions du match d'hier, j'en avais oublié mon nom d'emprunt.

— Je vais vous expliquer, me suis-je empressé d'ajouter.

C'est mon... heu... mon pseudonyme.

— Un jeune comme toi n'a pas besoin d'un pseudonyme! a-t-il rétorqué avec un regard soupçonneux.

Oh, comme j'aurais voulu être un meilleur menteur!

— Ce que je veux dire, c'est que M. Lafleur est un ami de mes parents, ai-je balbutié.

— Pourquoi ne vient-il pas chercher son colis lui-même? m'a demandé le commis.

— Il est très occupé. Il a le même nom que le célèbre joueur de hockey, vous savez!

Le commis a pris le colis et l'a placé sur une tablette.

— Tu devras m'apporter une lettre de M. Lafleur disant qu'il t'autorise à prendre son colis. Et pas écrite par un enfant de 10 ans!

— J'ai 11 ans, pas 10! ai-je répliqué, insulté.

— Fais attention, mon petit gars, m'a-t-il coupé. C'est très grave de falsifier du courrier.

Il m'a mis à la porte du bureau de poste.

Je l'avoue : j'ai pleuré. J'étais si près d'obtenir mes gros bonbons durs! Je pouvais même les entendre rouler à l'intérieur de la boîte! Mais ils auraient pu tout aussi bien se trouver de l'autre côté d'un marécage toxique infesté d'alligators. Pour toucher à cette boîte, il me fallait une lettre d'un type appelé Guy Lafleur. Comme si ça risquait de se produire!

— Hé, madame Costa! Attendez-moi! C'est moi, Tamia!

J'ai fini par rattraper l'autobus sur le pont. Après avoir perdu mes bonbons durs et couru un demi-kilomètre, je devais avoir une mine effroyable. Mes yeux remplis de larmes et de sueur luisaient d'une lueur farouche comme ceux de Boum Boum.

J'avais l'air si mal en point que Jonathan s'est levé de son siège pour passer son bras autour de mes épaules.

— Tu es un véritable ami, Tamia, m'a-t-il dit. Tu ne fais pas partie de l'équipe, mais tu es aussi triste que nous.

— Ce n'est pas ça... ai-je tenté d'expliquer.

Jean-Philippe et Carlos se sont approchés pour une étreinte collective au milieu de l'allée de l'autobus en mouvement.

— Hé! a crié Mme Costa. Personne ne doit être debout dans une zone d'apesanteur!

Carlos a trouvé ça hilarant.

— Zone d'apesanteur! s'est-il esclaffé pendant que nous reprenions nos sièges. La comprenez-vous? C'est parce qu'on vient de Mars!

Rien ne me semblait drôle à ce moment-là, et mon problème de bonbons durs n'était qu'un début. Mon reportage tournait au film catastrophe. Il fallait que je demande à Mme Spiro de m'accorder une prolongation pour mon travail de français.

Mme Spiro a feuilleté mon carnet en fronçant les sourcils. Son froncement de sourcils ne cessait de s'accentuer. Chaque fois qu'il me semblait à son maximum, une nouvelle ride apparaissait sur son front.

— Je croyais que ton article concernait l'équipe de

hockey de Mars, a-t-elle fini par déclarer. Mais toutes tes notes parlent de gros bonbons durs!

— J'ai l'intention de supprimer ces passages, lui ai-je dit. Il y a beaucoup de détails sur le hockey. Vous voyez, ici? Je décris le lancer de pénalité de Jean-Philippe lors du premier match.

— Ce ne sont que deux petits paragraphes! s'est-elle exclamée. Ensuite, tu parles pendant trois pages de boules volcaniques, de sphères chocolatées et d'arachides!

— *Ultra*rachides, l'ai-je corrigée.

Cette femme se prétendait *cultivée*?

— Qu'est-ce qu'une ultrarachide? m'a-t-elle demandé en me toisant.

Mes yeux se sont embués rien qu'à y penser :

— Imaginez le meilleur sandwich au beurre d'arachides et à la confiture que vous ayez jamais mangé, sauf que c'est dur comme du roc et que ça peut durer des heures...

— Désolée, Clarence, m'a-t-elle interrompu. Comment pourrais-je t'accorder une prolongation alors que tu as gaspillé ton temps à écrire sur des friandises? Je viens de dire non à Cédric, qui avait besoin de temps pour trouver des ouvrages de référence. Ce serait injuste si je te donnais cette permission après tes idioties!

On a frappé à la porte. Alexia a glissé la tête dans l'embrasure :

— Oh, désolée, madame Spiro, a-t-elle dit. Je vais revenir plus tard.

— Entre, nous avons terminé, a répondu l'enseignante en me jetant un coup d'œil éloquent. Que puis-je faire pour toi, Alexia?

— Eh bien, j'espérais que vous pourriez m'accorder plus de temps pour terminer mon travail, parce que j'ai besoin d'un autre livre...

— Un instant, l'a interrompue l'enseignante. Pensez-vous que je ne vois pas clair dans votre petit jeu? Clarence, Cédric et toi, mes seuls élèves concernés par l'équipe de hockey de Mars, me demandez tous une prolongation. Je comprends que vous soyez déçus que les choses aient mal tourné pour les Martiens, heu, pardon, les Marsois. Mais votre éducation est plus importante que le hockey. Est-ce que c'est clair?

Alexia m'a jeté un regard furibond. Comme si c'était moi qui avais anéanti ses chances d'obtenir un plus long délai!

En arrivant à mon casier, j'ai trouvé une note collée sur la porte de métal. Je l'ai décollée et y ai lu le message suivant :

Réunion d'équipe urgente
15 h 30
Toilettes du deuxième étage

C'était l'écriture de Cédric.

Après la sonnerie de 15 heures 30, j'ai trouvé presque

toute l'équipe rassemblée devant la porte des toilettes des garçons.

— Je croyais que Cédric voulait dire *dans* les toilettes, ai-je soufflé à Jonathan.

Pour toute réponse, il a pointé le menton vers le bout du corridor, où venait d'apparaître Alexia. J'ai aussitôt compris le problème. Tout le monde avait présumé que *toilettes* signifiait les toilettes des garçons. Mais Alexia... enfin, vous comprenez.

— Est-ce qu'ils ont déplacé l'arrêt d'autobus ici? a-t-elle lancé d'un ton ironique.

Je suppose que nous avions l'air d'attendre en file pour une raison quelconque.

Jean-Philippe a été le premier à perdre contenance :

— N'en veux pas à Cédric, a-t-il dit. Il ne l'a pas fait exprès. On va faire la réunion ailleurs.

— Pourquoi? a-t-elle demandé, comme si ce n'était pas évident.

— La réunion devait avoir lieu dans les toilettes des *garçons*, ai-je dit prudemment. Et comme tu n'es pas un garçon, tu ne peux pas y entrer...

— Ah bon, je ne peux pas? a-t-elle rétorqué en ouvrant la porte d'un coup de pied et en criant à l'intention de quiconque se trouverait à l'intérieur : Vous avez cinq secondes pour sortir!

Elle a compté cinq secondes, puis nous a précédés à l'intérieur.

— Une fille dans les toilettes des gars! s'est-elle

exclamée. Hé, je suis en train de défier les lois de la physique! Dites donc, c'est dégoûtant là-dedans! Comment faites-vous pour endurer ça?

Jonathan a levé les yeux au ciel.

— Je suppose que les toilettes des filles sont pourvues de colonnes de marbre et de servantes en uniforme pour chaque cabine?

— Au moins, ça ne pue pas, a-t-elle répliqué.

Cédric est entré en coup de vent :

— Bon, voici ce qui se passe...

Pas de bonjour, ni merci d'être venu, ni rien de ce genre. Juste « voici ce qui se passe ». Ce gars-là ne plaisantait pas. J'ai sorti mon carnet.

— Il va falloir beaucoup d'efforts pour nous préparer à affronter les Pingouins samedi. Aucun entraînement n'est prévu avant vendredi soir. Ce n'est pas suffisant.

— Excuse-nous de ne pas être assez bons! a lancé Alexia en lui jetant un regard furieux.

— Il faudrait nous entraîner tous les jours après l'école, a-t-il poursuivi en l'ignorant. Qui est d'accord?

Un silence embarrassé a suivi.

Puis Jean-Philippe a pris la parole :

— Sans vouloir t'offenser, Cédric, à quoi ça servirait? Tu as dit toi-même qu'on n'avait aucune chance contre les Pingouins. C'est pour ça qu'il fallait battre les Aigles, tu te souviens?

— J'ai dit que ce serait plus *facile* de battre les Aigles, a répondu Cédric. Comme ça n'a pas marché, il nous faut battre les Pingouins.

Même Jonathan n'arrivait pas à reprendre espoir.

— Ça va, Cédric, a-t-il dit en souriant tristement. Tu n'as pas besoin de faire semblant de croire que tout n'est pas perdu.

— Perdu? a répété Cédric, incrédule. Rien n'est *jamais* perdu au hockey. N'importe quelle équipe peut remporter la victoire en tout temps!

— Ouais, a dit Benoît. Dans un monde imaginaire, peut-être...

Cédric ne s'est pas laissé décourager :

— Je peux vous nommer des supervedettes qui ont joué avec toute leur énergie même si l'écart était de 10 buts dans un match contre les champions de la Coupe Stanley!

Il a alors ouvert son sac à dos et en a sorti un livre de bibliothèque volumineux. Il l'a agité comme un drapeau :

— Ce livre parle des meilleurs attaquants défensifs de tous les temps! Pensez-vous que ces gars auraient abandonné la bataille?

Oh, oh! c'était *Les gagnants du trophée Selke*.

— Hé! s'est écriée Alexia en fixant le titre du livre avec un regard meurtrier. C'est mon livre!

— Non, c'est *mon* livre, a rétorqué Cédric en fronçant les sourcils. Mon projet de recherche porte sur le trophée Selke!

— Mais tu... a balbutié Alexia en sortant son propre livre de son sac à dos. C'est moi qui ai choisi ce sujet! J'ai passé les deux dernières semaines à essayer de trouver ce fichu livre sur les gagnants!

— La bibliothèque ne t'appartient pas! a lancé Cédric, le visage empourpré. J'ai cherché *L'histoire du trophée Selke* partout!

— Ce n'est pas ma faute si tu m'as volé mon sujet! a crié Alexia, outrée.

— C'est toi qui as volé le mien! a rétorqué Cédric.

— Silence!

J'avais décidé d'intervenir. D'accord, j'ai perdu les pédales. C'est que j'en avais assez de voir ces deux idiots se chamailler depuis trois semaines. Ils semblaient prêts à se prendre aux cheveux, alors que la vérité aurait dû leur sauter aux yeux.

— Vous pensez être différents l'un de l'autre, mais vous êtes de la même espèce! ai-je crié en agitant les bras, le carnet au vent. Et c'est ça qui vous rend si doués pour le hockey. Vous êtes entêtés et compétitifs. Pensez-vous que c'est une coïncidence si vous avez choisi le même trophée comme sujet de recherche? Vous avez tous deux choisi le Selke parce qu'il représente ce que vous admirez le plus : le courage, la détermination, une attaque puissante, une défense robuste... Tout ce que possède un joueur polyvalent!

Tout le monde me fixait des yeux. Quand on passe son temps à jouer les journalistes discrets, une petite crise est le meilleur moyen d'attirer l'attention.

— Même si c'était vrai, a marmonné Cédric, ça ne change rien au fait que je vais être recalé en français uniquement par sa faute!

— Par *ma* faute? a-t-elle grogné. Par la *tienne*, tu veux dire!

— Vous êtes deux idiots! ai-je crié. Toi, Cédric, tu as la moitié d'un travail qui parle des gagnants du trophée. Toi, Alexia, tu as l'autre moitié qui parle des origines du trophée. Pourquoi ne faites-vous pas ce que Mme Spiro vous a suggéré il y a deux semaines? Formez une *équipe*!

Cédric m'a jeté un regard surpris :

— On aurait fini notre travail!

— C'est vrai! a ajouté Alexia en regardant Cédric avec – oserai-je le dire? – une espèce de respect. Tu aimes vraiment le trophée Selke?

— C'est le plus important prix du hockey, a déclaré Cédric d'un air convaincu.

— Au nom de l'entraîneur Blouin et du reste de l'équipe, j'aimerais te nommer capitaine de notre équipe!

— J'accepte, a dit Cédric en souriant. Et en tant que capitaine, je donne officiellement ma démission et je nomme Alexia comme remplaçante. Je pense que le capitaine des Flammes doit être quelqu'un de Mars.

— D'accord, mais seulement si tu es capitaine adjoint, a insisté Alexia.

— Vous voyez comme c'est facile? me suis-je exclamé. Cédric n'est pas recalé, Alexia non plus. La seule personne qui risque de couler, c'est... moi, ai-je conclu en me rappelant que mon équipe Cendrillon était sur le point d'être bannie de la ligue.

— Ce n'est pas encore terminé, Tamia, m'a rassuré Cédric, qui avait deviné mes pensées. Mais il faut nous entraîner tous les jours! Êtes-vous prêts à le faire?

Des cris enthousiastes ont retenti dans les toilettes des garçons.

— Comment vas-tu faire pour obtenir des heures de patinoire? ai-je protesté. Ce n'est pas toi qui es chargé de l'horaire de l'aréna de Bellerive.

— On aura toutes les heures qu'il nous faut, a répondu Cédric. Sur *notre* patinoire! La patinoire des Flammes se trouve à Mars!

Chapitre 13 [[[[[

Boum Boum était l'homme le plus surpris du monde quand il a vu les Flammes s'entraîner sur la patinoire de Mars. Il passait par là, dans son camion de livraison, quand il les a aperçus sur la glace. Il était si étonné qu'il a empiété sur l'autre voie, en plein dans la trajectoire de l'autobus de 17 heures pour Bellerive.

Je me demande encore comment il a pu éviter l'accident. Il a freiné brusquement et le camion a fait un tête-à-queue. Ses roues avant se sont retrouvées sur les marches de la Coop des agriculteurs de Mars. Les portes arrière se sont ouvertes, déversant six sacs de 25 kilos de germes de blé. Les joueurs se sont empressés d'enfiler leurs chaussures pour aller prêter main-forte à leur entraîneur.

Ce dernier était plus stupéfait de les voir s'entraîner que d'avoir échappé de justesse à une collision frontale avec un autobus de 20 tonnes.

— Je ne pensais pas que vous viendriez vous entraîner vendredi, encore moins que vous vous entraîneriez tout seuls! a-t-il lancé avec un grand sourire. C'est fantastique! Allez, on retourne sur la patente!

— Sur la glace? a répété Cédric. Vous ne pensez pas que vous devriez d'abord déplacer votre camion?

Boum Boum a réfléchi.

— La Coop des agriculteurs est fermée le lundi. Je vais aller chercher mes cossins.

Ses patins. Il les a repêchés de derrière le siège du passager, puis a claqué la porte. Le rétroviseur s'est détaché et est tombé sur le ciment.

— Oups! ai-je dit.

Boum Boum n'avait pas l'air ennuyé.

— Ce n'est pas grave. Je n'ai pas besoin de voir ce qu'il y a derrière moi.

Puis il a sursauté. On pouvait presque voir une lumière s'allumer au-dessus de sa tête de mante religieuse.

— Mais Kevin, oui! s'est-il exclamé.

— Pardon? a fait Kevin d'un ton nerveux.

L'entraîneur a placé le miroir à quelques centimètres du visage de Kevin.

— On pourrait l'attacher à ton machin-truc...

— À ton casque, a traduit Cédric, tout excité. Ainsi, tu pourrais faire des attaques à reculons tout en voyant les défenseurs adverses!

Nous avons collé le miroir à la grille de son casque. Ça lui donnait une allure étrange, comme si sa tête était une antenne parabolique, mais ça fonctionnait! Kevin a patiné d'un bout à l'autre de la patinoire à reculons, en exécutant des feintes inversées. Il a même déjoué Alexia, qui n'avait jamais raté une mise en échec de sa vie! Il était incroyable!

— Quel est ton secret? lui a demandé Benoît, les yeux écarquillés.

— Dans le rétroviseur, les objets paraissent plus près qu'ils ne le sont en réalité, a cité Kevin.

J'ai pris une demi-page de notes sur cette observation sportive très juste. Il m'a fallu trois jours pour me rendre compte que ces mots sont inscrits sur absolument tous les rétroviseurs extérieurs du côté passager. Et à ce moment-là, les Flammes avaient déjà eu quelques journées de l'entraînement le plus exigeant que j'aie jamais vu.

Quand je relis mes notes, je m'aperçois que Boum Boum a inventé chaque jour une nouvelle façon de mettre à profit les talents des Flammes. Cet homme avait peut-être l'air d'un clown avec ses yeux exorbités et son vocabulaire limité, mais il s'y connaissait vraiment en hockey.

Lundi : Boum Boum a conçu un nouveau système de défense. Kevin se charge du patinage à reculons, et Benoît s'occupe de la direction avant. Ensemble, ils forment le défenseur parfait.

Mardi : L'entraîneur minute le spinorama de Cédric. Un record personnel de 0,38 seconde!

Mercredi : Jonathan réussit son premier grand écart (il l'avait déjà fait, mais on devait toujours l'aider à se relever).

Jeudi : Des exercices de mise en échec explosifs! Carlos et Alexia se plaquent à qui mieux mieux. Attention, les Pingouins!

Après l'entraînement, nous mangions des germes de blé. Du pain aux germes de blé, des céréales aux germes de blé, des barres tendres aux germes de blé, et même une horreur que Mme Blouin appelait « sloppy joe aux germes de blé ». Cédric restait avec nous pour tous ces repas et avalait jusqu'à la dernière bouchée en surmontant ses haut-le-cœur. Ensuite, il rentrait avec Alexia pour finir de combiner leurs deux moitiés de projet.

Pour l'entraînement de vendredi, je n'ai inscrit qu'une seule phrase : *Mais QUI sont ces joueurs?* En effet, l'équipe que j'ai vue sur la glace était complètement différente des Martiens qui avaient perdu trois matchs consécutifs. Après une semaine d'entraînement intense sur la glace raboteuse de Mars, les Flammes ont envahi la patinoire du centre de loisirs comme s'ils avaient des ailes aux pieds. Ils patinaient à la vitesse de l'éclair, en exécutant des tirs et des mises en échec spectaculaires. S'ils avaient joué de cette façon la semaine précédente, ils auraient anéanti les Aigles. Mais le lendemain, ils allaient affronter les Pingouins électriques, la meilleure équipe de toute l'histoire de la Ligue Droit au but de Bellerive.

— Vous savez ce qui est injuste? s'est plaint Jonathan après l'entraînement ce jour-là. Les Pingouins jouent dans cet aréna depuis qu'ils ont appris à patiner. Tous leurs matchs ont été joués à domicile.

Les Flammes venaient juste de quitter la glace et la resurfaceuse est sortie pour la remettre en état.

— C'est vrai, a ajouté Alexia. Je parie qu'ils ne seraient

pas si forts que ça sur *notre* patinoire.

— Un match à domicile pour Mars... a dit Cédric d'un air songeur. Ce serait merveilleux! Mais ça ne se produira jamais. Il faudrait que l'aréna soit complètement détruit pour que M. Fréchette accepte ça.

Soudain, Mme Blouin est entrée dans l'aréna.

— Youhou! a-t-elle lancé en agitant un sac de papier. Je vous ai apporté des muffins aux germes de blé!

Nous étions maintenant plus ou moins habitués à sa beauté spectaculaire. Mais pas le conducteur de la resurfaceuse, qui l'a fixée avec des yeux ronds, oubliant ce qu'il était en train de faire. Son véhicule a traversé la patinoire en grondant et s'est engouffré dans une ouverture de la bande.

— Attention à la patente! a hurlé Boum Boum.

Nous avons tous commencé à crier pour traduire les paroles de l'entraîneur. La resurfaceuse se dirigeait tout droit vers le panneau qui contrôlait le système électrique de l'aréna. Comment appelle-t-on un machin comme ça?

— Attention au machin-truc! ai-je crié.

— Le cossin, là! a ajouté Cédric.

— La gugusse!

— Le bidule!

Peine perdue : le conducteur était fasciné par Mme B. Croyez-moi, je le comprenais!

Crac! Zap!

La resurfaceuse a percuté le panneau électrique dans une pluie d'étincelles. Toutes les lumières du centre de loisirs se sont éteintes. Les ventilateurs ont cessé de tourner. Le tableau de pointage est devenu noir. Le distributeur de boissons gazeuses est devenu silencieux. J'ai tenté de prendre des notes, mais je ne pouvais même pas voir mon carnet dans l'obscurité.

Il m'a fallu quelques secondes pour me rendre compte qu'il manquait autre chose : le bourdonnement du système frigorifique qui refroidissait la glace.

La patinoire était en train de *fondre*!

Zone de combat.
Voilà le titre que j'avais trouvé pour la réunion d'urgence de la ligue. Les jeunes de Bellerive et leurs parents étaient furieux.

Le problème était que le centre de loisirs ne redeviendrait opérationnel que le mercredi. Tous les matchs devaient donc être repoussés. Toutefois, la prochaine réunion, où on déciderait si les Flammes demeuraient dans la ligue, devait avoir lieu le *mardi.*

— Si vous retardez le machin, vous devez aussi retarder la patente, a insisté Boum Boum.

— Il veut dire le match, a lancé Cédric, au premier rang de l'auditorium de l'hôtel de ville.

— Et la réunion, a ajouté Jonathan.

— Je suis désolé, a répliqué M. Fréchette, debout sur la scène. C'est un incident regrettable, mais la date de la réunion est déjà fixée.

— C'est injuste! a tonné M. Blouin. Vous ne pouvez pas

nous pénaliser parce qu'un fou a embouti le machin électrique avec la resurfaceuse!

Un concert de protestations lui a répondu. Finalement, le père d'un joueur des Pingouins s'est exclamé :

— Ce n'est pas *notre* faute non plus! Si vous voulez blâmez quelqu'un, blâmez votre femme!

— Ma *femme*? a répété l'entraîneur, incrédule.

—Ouais! a insisté l'homme. Elle est... vous savez bien... et le conducteur, heu...

Le pauvre Boum Boum était perplexe. J'ai soudain compris qu'il ne savait pas que sa femme était une beauté fatale. Cet homme était marié à la plus belle femme de la planète, et il était le seul à ne pas s'en apercevoir. Allez comprendre!

— Ma femme ne s'est jamais approchée du véhicule! a-t-il protesté. Elle était simplement venue porter des muffins maison à mes joueurs.

M. Fréchette a essayé de le calmer.

— Personne n'accuse personne, a-t-il déclaré. Toutefois, il nous est impossible de modifier l'horaire des réunions pour accommoder les Mart... heu, les Flammes.

— Vous voulez seulement nous mettre à la porte avant que nous ayons eu la chance de faire nos preuves! a lancé Cédric.

Un murmure désapprobateur a couru dans l'assistance. Je ne crois pas que les gens de la ligue aimaient entendre leur meilleur joueur utiliser le mot « nous » en parlant de l'équipe de Mars.

J'étais moi-même plutôt surpris. Pour un gars qui s'était joint aux Flammes à contrecœur, Cédric semblait se dévouer corps et âme à l'équipe de Mars.

— Vous alliez affronter les Pingouins, a crié une personne assise à l'arrière de la salle. Vous n'aviez aucune chance!

Alexia s'est retournée et a exercé son réglage de volume inversé sur la foule.

— C'est pour ça que nous nous donnons la peine de disputer des matchs, a-t-elle dit d'une voix douce, mais distincte. Pour savoir qui a une chance de battre qui. Sinon, nous irions tout droit à la cérémonie de remise des trophées.

M. Fréchette s'est agité derrière son micro.

— Ce n'est pas de mon ressort. Je suis désolé.

— Il n'y a qu'une façon équitable de régler ce truc, a déclaré l'entraîneur Blouin.

La foule l'a fixé des yeux.

— Nous allons jouer comme prévu... à la patinoire de Mars, a-t-il conclu.

Aussi bien essayer d'éteindre un feu avec un seau d'essence! La foule s'est déchaînée. Les gens criaient, discutaient, agitaient les bras. On aurait cru qu'ils s'opposaient à l'installation d'un dépotoir toxique dans la cafétéria de l'école.

— C'est contre le règlement!

— La patinoire n'est pas d'assez bonne qualité!

— Tous les matchs doivent être disputés au centre de

loisirs de Bellerive!

Un petit génie a même eu le culot de crier :

— C'est trop loin!

Certains de ces pauvres types auraient préféré prendre un avion pour le Japon plutôt que de traverser le petit pont du canal.

Contre toute attente, c'est l'entraîneur des Pingouins, M. Morin, qui nous a tirés d'affaire.

— *Silence!* a-t-il beuglé.

Tout le monde s'est tu.

Il a promené son regard sur la salle bondée.

— Mon équipe ne voit aucun problème à jouer demain sur la patinoire de Mars.

— Mais monsieur... s'est écrié Rémi, horrifié.

— Mais rien du tout! l'a coupé l'entraîneur Morin, avant de sourire à Boum Boum de toutes ses dents. Nous y serons.

Il était si arrogant! Il semblait convaincu que ses Pingouins pouvaient terrasser les Flammes sur *n'importe quelle* patinoire – les yeux bandés, une main attachée derrière le dos et même sur une glace couverte de salade de chou.

Je voulais crier : « Vous verrez! Vos gars sont de telles lavettes qu'on s'en servira pour essuyer la glace! »

À vrai dire, au fond de moi-même, je pensais qu'il avait probablement raison.

IIIII _Chapitre 14_

Le samedi matin, nous rebondissions à l'arrière du camion de livraison du magasin d'aliments naturels. Pour prévenir la nervosité d'avant-match, l'entraîneur avait décidé de nous emmener visiter la maison de son enfance.

Après avoir roulé 10 minutes sur une route rurale, le camion s'est engagé dans une allée, puis s'est immobilisé. Boum Boum a ouvert les portes arrière et nous sommes sortis. Nous étions en pleine campagne, dans un décor pittoresque parsemé de fermes, de silos et de granges. Le soleil qui se reflétait sur la neige nous faisait cligner des yeux.

Je dois reconnaître que l'entraîneur avait eu une bonne idée. La tension qui régnait au sein de l'équipe s'est retirée comme le toit d'une automobile décapotable.

— C'est génial, M. Blouin! s'est exclamé Jean-Philippe. Laquelle de ces maisons était la vôtre?

Boum Boum a désigné une petite maison proprette.

— Celle-là. Vous voyez ce bidule, devant?

Entre la grange et la route se trouvait un grand étang dont la surface gelée jetait des reflets argentés.

— C'est là que j'ai joué au hockey pour la première fois.

— Oh! a soufflé Jonathan. Comme les bonnes vieilles légendes du hockey, avant que le hockey devienne un sport de supervedettes et de gros salaires.

— Ça devait être super, a dit Cédric avec une expression nostalgique. Pas de ligue ni de trophée. Juste un groupe d'enfants qui aiment le hockey, qui patinent et qui se disputent la rondelle...

— Oh, on ne jouait pas avec une vraie rondelle, l'a interrompu Boum Boum. Personne n'avait d'argent à cette époque-là. On utilisait du crottin de cheval gelé.

Carlos s'est esclaffé :

— Une rondelle de crottin! Ah! ah! elle est bien bonne!

Alexia lui a donné un coup de coude dans les côtes.

— Ce n'est pas une blague, idiot! Beaucoup d'anciens du hockey jouaient de cette façon.

— Avec du *crottin de cheval*? a demandé Carlos, abasourdi. Enfin, je veux dire... ça ne sentait pas... mauvais?

L'entraîneur a secoué la tête.

— Non, c'était trop froid. Ces trucs étaient gelés durs comme du granit. Et comme personne ne portait de casque, il fallait faire attention de ne pas recevoir un tir en plein dans le visage.

C'en était trop pour Carlos. Il a eu une telle crise de fou rire que nous avons dû remonter dans le camion et revenir à Mars. Boum Boum ayant décidé que les joueurs avaient besoin de passer un peu de temps entre eux, j'ai pris place à côté de lui à l'avant.

J'avais la tête qui tournait, tellement j'étais nerveux au sujet du match. Avions-nous une chance contre les tenants du titre? J'étais plongé si loin dans mes pensées que j'ai presque failli ne pas voir le petit magasin sur notre gauche.

L'espace vide dans ma joue a envoyé un message à mon cerveau. Ma mère avait peut-être averti tous les magasins et dépanneurs de Mars et de Bellerive, mais elle n'avait sûrement pas pensé à une échoppe sur une route de campagne, au milieu de nulle part.

— *Arrêtez!* ai-je hurlé dans l'oreille de l'entraîneur.

Surpris, il a enfoncé la pédale. Le camion s'est arrêté dans un crissement de freins sur l'accotement et j'ai pu entendre les joueurs s'entrechoquer à l'arrière.

— Qu'est-ce qu'il y a? m'a demandé Boum Boum, inquiet.

J'ai réfléchi à toute vitesse. Le magasin d'aliments naturels proposait quelques variétés de gommes à mâcher et de friandises près de la caisse. Il était donc possible que ma mère ait averti les Blouin de ne pas me vendre de bonbons. Je devais trouver une excuse. Qu'est-ce que je pouvais bien dire à un homme comme l'entraîneur?

— Je... je... il faut que je fasse un trucmuche!

Mon subterfuge a fonctionné. Je suis sorti en trombe du

camion et j'ai traversé la route en courant. Je me suis précipité vers le caissier.

— Excusez-moi. Vendez-vous des gros bonbons durs?

L'homme a secoué la tête.

— Désolé. Il n'y a pas beaucoup de demande pour des bonbons dans le coin. La seule chose que j'ai a-t-il ajouté en fouillant dans une vieille caisse de bois. Je suis pourtant sûr de l'avoir vu hier... Ah, voilà! a-t-il dit en sortant un sac.

J'ai fixé le sac avec des yeux qui me sortaient littéralement de la tête, comme dans les dessins animés. Mon cœur s'est mis à envoyer des S.O.S. en code morse. C'était un gros sac d'*ultrarachides*! Quarante des plus roses et délicieux bonbons durs du monde! Oh, j'avais entendu dire que la compagnie Friandises Boules-en-folie vendait des sacs d'ultrarachides. Mais j'avais toujours cru que c'était un mythe, comme les licornes ou l'abominable homme des neiges. Pourtant, elles étaient là, sous mes yeux!

J'ai jeté mon argent sur le comptoir avec une telle brusquerie que le caissier a cru qu'il se faisait attaquer. Il a reculé d'un pas et a laissé tomber le sac. Je l'ai ramassé et me suis enfui.

— Hé! tu ne veux pas ta monnaie? a crié l'homme.

J'étais déjà assis dans le camion, mon trésor caché sous ma veste.

— Vite, démarrez! ai-je crié à Boum Boum.

Enfin, il y avait une justice! Après trois misérables semaines sans gros bonbons durs, après toute une série de tentatives infructueuses, de déceptions et d'échecs, j'avais enfin ma récompense. Toute bonne chose vient à point à qui sait attendre, je suppose. Et juste à temps pour la première mise au jeu!

Croyez-le ou non, il y avait un embouteillage quand nous sommes arrivés à Mars. Toute cette controverse au sujet de la patinoire avait attiré une véritable foule en provenance de Bellerive. Après nous être frayé un passage, nous sommes finalement parvenus à la patinoire. Il n'y avait plus d'espace de stationnement. Sans blague! Mars ressemblait à une ville accueillant le match décisif de la Coupe Stanley. Des coups de klaxon résonnaient, des automobilistes s'invectivaient. Nous avons dû laisser le camion devant le magasin d'aliments naturels et franchir à pied les quatre pâtés de maisons qui nous séparaient de la patinoire.

J'ai couru devant les autres pour me réserver un bon siège. En fait, il n'y avait pas de sièges à la patinoire de Mars, à l'exception des bancs des joueurs. J'ai donc essayé de trouver un endroit où me tenir debout. Les gens s'alignaient déjà contre la bande. Ils observaient la resurfaceuse de l'aréna de Bellerive, qui tentait d'enlever une partie des bosses et des trous de la glace rugueuse. L'avant de l'énorme machine était cabossé et froissé par sa collision avec le panneau électrique. Cette fois, les officiels de la ligue n'avaient pris aucun risque. Le conducteur de la resurfaceuse était nul autre que M. Fréchette.

C'était le moment de mettre une ultrarachide dans ma

bouche – ô joie! – et de me faufiler jusqu'à un bon point d'observation près de la bande. J'ai déchiré un coin du sac. Une fanfare a retenti! D'accord, ce n'était que la radiocassette d'une spectatrice. Mais c'était tout de même un grand moment.

— Clarence!

Oh non! Ma mère m'avait vu et me faisait signe de la rejoindre. Je lui avais tellement parlé de ce match qu'elle avait décidé de me faire *plaisir* et d'y assister. Si elle me surprenait avec ces ultrarachides, j'étais cuit!

Pris de panique, j'ai glissé le sac sous ma veste et me suis enfui au pas de course, en plongeant dans la foule et en esquivant les spectateurs.

— Clarence, reviens! C'est moi!

Maman s'est lancée à ma poursuite.

J'ai aperçu Jonathan près du banc et j'ai modifié ma trajectoire comme un missile de croisière.

— Rends-moi service, lui ai-je dit d'une voix haletante. Tu dois cacher quelque chose pour moi...

— Attends une seconde, m'a-t-il coupé. Il faut que j'enfile ce col roulé.

Il a retiré son chandail, ses épaulières et son plastron, puis a passé la tête dans un col roulé noir.

— Dis, Tamia, tu peux m'aider? a-t-il demandé d'une voix étouffée par le tissu. Ma tête est coincée.

— D'accord... ai-je commencé.

Au même moment, maman a tourné au coin. J'avais trois secondes pour cacher mes gros bonbons durs. Mais où donc?

Chapitre 15

Laissant Jonathan se débrouiller avec son col roulé, j'ai saisi son plastron, ouvert la fermeture éclair et remplacé le rembourrage de mousse par le sac d'ultrarachides.

Quand j'ai relevé la tête, maman était à côté de moi. Elle a aidé Jonathan à sortir la tête de son col roulé et m'a lancé un regard courroucé.

— Qu'est-ce qui se passe, Clarence? Tu ne réponds pas quand je t'appelle? Et en plus, tu t'amuses avec un plastron au lieu d'aider ton ami!

— Salut, maman, ai-je dit en souriant faiblement.

— Merci, madame Aubin, a dit Jonathan en remettant son plastron.

Les bonbons se sont entrechoqués à l'intérieur.

J'ai couvert le bruit en feignant une quinte de toux.

— Oh là là, quel froid de canard! ai-je bredouillé en aidant Jonathan à remettre ses épaulières. Je crois bien que j'ai pris froid!

Je lui ai enfilé son chandail par-dessus son équipement et lui ai tendu son casque et son masque.

— Mon plastron est bizarre, a-t-il dit en fronçant les sourcils.

— Viens, je vais vérifier pour toi, a proposé ma mère.

— On n'a pas le temps! me suis-je empressé de dire. Regarde, l'échauffement a commencé.

J'ai poussé Jonathan sur la glace.

Mon soupir de soulagement devait être révélateur parce que maman m'a jeté un regard intrigué.

— Je vais aller rejoindre M. et Mme Colin, m'a-t-elle dit. Je te verrai après la partie.

Heureusement, Boum Boum m'a offert de m'asseoir sur le banc des Flammes. Il y avait tellement de spectateurs massés autour de la patinoire qu'ils ne devaient pas distinguer grand-chose. Les gens étiraient le cou pour voir au-delà des huit ou neuf rangées de spectateurs alignés contre la bande. Quand j'ai sorti mon carnet et mon crayon, les équipes se préparaient pour la mise au jeu.

— Comment ça va, le traître? a lancé Rémi de l'aile droite.

— Bienvenue à Mars, lui a répondu Cédric avec un sourire empreint d'une confiance qu'il n'éprouvait absolument pas.

Il avait peur, mais aurait préféré mourir plutôt que de laisser Rémi s'en apercevoir.

J'espérais que les Pingouins auraient du mal à patiner

sur la glace raboteuse. En effet, ils étaient un peu plus lents que d'habitude, mais ils ne s'affalaient pas un peu partout comme les Flammes lors de leur première partie à l'aréna.

Rémi s'est emparé de la rondelle et l'a passée à Olivier. Et quand ces deux-là se lançaient dans une attaque à deux joueurs, il était difficile de les arrêter! Ils ont complètement ignoré leur centre, Tristan Aubert. En fait, ils ne semblaient pas avoir besoin de lui. Ils ont foncé vers le but en échangeant des passes parfaites, puis Olivier a effectué un lancer frappé percutant.

Jonathan l'a bloqué avec sa poitrine.

Les Flammes et leurs partisans se sont réjouis, mais je me suis exclamé :

— Mes ultrarachides!

Boum Boum m'a dévisagé :

— Tes *quoi*?

Je devais être rouge comme une tomate.

— Rien, ai-je répondu avant de placer mes mains en porte-voix. Sers-toi de ton gant, Jonathan! ai-je crié.

S'il bloquait chaque but avec son plastron, mes précieuses ultrarachides seraient réduites en poudre d'ici la troisième période.

Je n'aurais pas dû m'inquiéter. Au jeu suivant, Jonathan a raté la rondelle, que Rémi a fait glisser entre ses jambes d'un solide tir du poignet. Moins de 30 secondes s'étaient écoulées depuis le début du match, et les Pingouins prenaient déjà la tête. Les partisans de Bellerive les ont acclamés.

Encouragé, Rémi est devenu encore plus odieux. Dès qu'il s'approchait à trois mètres de Cédric, il le traitait de traître. Et lorsque Olivier a marqué un deuxième but, portant l'écart à 2 à 0, Rémi a semblé croire que le massacre était assuré.

— Beau lancer, hein, le traître? a-t il raillé. Vous avez détruit notre patinoire, mais ça ne va pas vous tirer d'affaire. Nous pouvons vous écraser sur *n'importe quelle* patinoire, les Martiens! Qu'as-tu à répondre à ça, le traître?

— Vas-tu la fermer? a grogné Alexia, qui se trouvait face à Rémi. Tu n'es pas seulement méchant, tu es cinglé! Cédric Rougeau est le coéquipier le plus loyal qu'on puisse avoir!

— *Qui, moi*? a dit Cédric en lui jetant un regard surpris.

— Qu'est-ce que tu connais au hockey? a lancé Rémi d'un ton hargneux. Les filles ne devraient pas jouer au hockey. Elles pourraient se faire blesser!

Alexia ne lui a pas répondu, ce qui aurait dû lui mettre la puce à l'oreille. Quand il a de nouveau pris possession de la rondelle, Alexia l'a plaqué contre la bande si férocement qu'il s'est écroulé sur la glace. C'était du Alexia classique : brutal, mais dans les règles.

Cédric a patiné jusqu'à son ancien coéquipier, qui gisait par terre, étourdi et haletant.

— Hum, a-t-il fait d'un air faussement inquiet. Peut-être que les gars ne devraient pas jouer au hockey. Ils pourraient se faire blesser.

— *Toi*, tu as l'air assez solide, lui a dit Alexia en

souriant. Mais cette lavette m'a l'air plutôt fragile, a-t-elle ajouté en baissant les yeux sur Rémi.

— Tu vas le regretter, a menacé ce dernier d'une voix rauque.

Effectivement, lors du jeu suivant, il s'est jeté sur Alexia. Mais elle a dansé autour de lui comme un matador et il a de nouveau percuté la bande. Il a réussi à dégager la rondelle, qui est venue frapper la palette de Kevin. Notre défenseur s'est retourné pour amorcer une attaque à reculons.

Olivier a tenté de le harponner, mais Kevin l'a aperçu dans son rétroviseur. D'un léger tir du revers, il a fait passer la rondelle entre ses jambes et l'a envoyée derrière Olivier. Puis il a contourné son adversaire et est allé la rechercher.

Nous nous sommes levés d'un bond pour l'acclamer. Cette manœuvre aurait été digne de *Sports Mag*, sauf que Kevin patinait maintenant *vers l'avant*!

— Vas-y! ai-je hurlé.

Mais ces mots n'étaient pas sitôt sortis de ma bouche qu'il tombait en plein sur la figure. Heureusement, la rondelle est allée tout droit vers Cédric.

J'aurais voulu pouvoir observer les Pingouins de plus près pendant que Cédric fonçait sur eux à toute vapeur. C'était une situation qu'ils n'avaient jamais connue l'année précédente. Cédric a déjoué ses anciens camarades un à un, puis, d'un solide lancer du poignet, a fait entrer la rondelle dans un coin du filet.

— Yéééé! ai-je crié.

Ma voix était noyée sous les hurlements des Marsois. Et si vous pensez que nous étions gonflés à bloc, vous auriez dû voir Cédric. Il filait comme une flèche sur la glace en levant le poing en signe de triomphe. Ah, comme ce but devait être gratifiant après tout ce qu'il avait traversé!

Le pointage était toujours de 2 à 1 pour les Pingouins à la fin de la première période. Comme il n'y avait pas de vestiaires, les deux équipes se sont entendues pour utiliser la cabane à tour de rôle. Cependant, les Pingouins étaient tellement habitués à leur aréna confortable qu'aucun d'entre eux ne savait comment se servir du poêle. Ils ont fermé accidentellement le tuyau et la cabane s'est remplie de fumée. Ils sont sortis en toussant et en agitant les mains devant leur visage.

Les deux équipes ont donc dû frissonner sur le banc pendant la pause. Je crois que les partisans de Mars n'ont pas cessé de pousser des acclamations pendant les 10 minutes de l'entracte.

— L'équipement de Jonathan m'inquiète, a dit Alexia à l'entraîneur. Chaque fois qu'il fait un arrêt, on entend un drôle de cliquètement.

Il n'y a pas beaucoup d'avantages à avoir un entraîneur qui ne parle pas bien français, mais c'en était un.

— Ne t'en fais pas, lui a-t-il répondu. C'est probablement le bidule de son trucmuche. Viens, la deuxième patente va commencer.

Avant la mise au jeu, l'entraîneur Morin a adressé à ses

joueurs un petit discours d'encouragement qui ressemblait plutôt à un sermon :

— Regardez le tableau de pointage! a-t-il dit d'un ton dégoûté. Cette partie devrait déjà être *terminée*! Vous les avez assez épargnés. Cette fois, écrasez-les!

Je trouvais son discours plutôt méchant, mais je dois reconnaître qu'il savait ce qu'il faisait. Les Pingouins avaient des *ailes* en entrant sur la patinoire. Ils ont complètement dominé les Flammes, marquant trois buts et portant le pointage à 5 à 1. Je sais que ça donne une piètre image de Jonathan comme gardien, mais rappelez-vous qu'il s'agissait des *Pingouins*, les champions. Ils ont bombardé Jonathan de plus de 20 tirs, mais ils n'ont marqué que trois buts. Un vrai miracle.

Au début de la troisième période, un silence de mort régnait chez les partisans de Mars. Les spectateurs de Bellerive étaient eux-mêmes plutôt calmes. J'ai jeté un coup d'œil à M. Fréchette et aux autres officiels de la ligue. Ils arboraient tous un petit sourire satisfait, comme s'ils pensaient : « Tout se déroule comme prévu. Les Martiens seront expulsés de la ligue mardi prochain. » Cela m'a rendu si furieux que j'en ai presque manqué ce commentaire d'Alexia :

— Nous allons gagner, a-t-elle dit d'une voix douce.

— Quoi? me suis-je exclamé.

Les autres joueurs ont hoché la tête. Avaient-ils oublié le pointage?

— Tu as raison, a acquiescé Cédric. Regardez les

Pingouins sur leur banc. Ils sont épuisés.

— Ce doit être fatigant de marquer tous ces buts! ai-je lancé d'un ton ironique.

— Ils ont gaspillé toute leur énergie pendant la deuxième période, a insisté Cédric. Ils essaient de patiner à leur vitesse habituelle sur une surface moins lisse. En plus, ils ont froid. Ils sont habitués à jouer dans un aréna chauffé.

L'entraîneur a pris la parole

— Bon, voici la patente. Chaque fois que vous serez en possession de la rondelle, attaquez. Obligez-les à suivre votre bidule. Faites des passes à Cédric, Benoît et Kevin. Ce sont les plus rapides. Compris?

— Mais ils mènent par *quatre* buts! ai-je protesté.

Je l'admets, j'étais prêt à capituler. J'ai commencé à écrire que la déception de se faire renvoyer de la ligue avait suscité une illusion collective au sein de l'équipe. Ce thème n'était pas aussi captivant qu'une histoire d'équipe Cendrillon, mais c'était mieux que rien.

Puis j'ai entendu des acclamations. Les Pingouins patinaient dans tous les sens sans savoir où donner de la tête, incapables de suivre la cadence imposée par Benoît. Les attaques à reculons de Kevin déstabilisaient la défense. Quant à Cédric, qui dominait cette ligue depuis qu'il était en quatrième année, je ne l'avais jamais vu en aussi bonne forme.

Il a été le premier à marquer un but, après une superbe passe de Benoît. Puis il a réussi à attirer trois Pingouins sur l'aile gauche, avant de faire une passe à Alexia, qui a aussitôt projeté la rondelle dans le filet. Le compte était maintenant de 5 à 3.

L'entraîneur Morin a demandé un temps mort pour calmer ses joueurs. Peine perdue. Épuisés par les efforts qu'ils déployaient pour garder la cadence sur la glace bosselée, les Pingouins se sont mis à accrocher et à faire trébucher leurs adversaires. Notre équipe s'est donc retrouvée en avantage numérique à plusieurs reprises. Le filet des Pingouins s'est transformé en stand de tir, jusqu'à ce que Carlos tire profit d'un rebond pour déjouer le gardien et envoyer la rondelle dans le filet.

Je n'en croyais pas mes yeux! Le pointage était de 5 à 4! Les Flammes n'étaient qu'à un but d'un match nul! Quelle remontée!

Il ne restait que deux minutes de jeu. Faisant preuve d'audace, Boum Boum a retiré le gardien. Carlos s'est joint à Cédric, Alexia, Jean-Philippe, Benoît et Kevin.

— Vous n'avez aucune chance d'égaliser, a haleté Rémi dans le cercle de mise au jeu. Il ne reste pas assez de temps.

Les acclamations assourdissantes de la foule provenaient autant des partisans de Bellerive que de ceux de Mars. Les joueurs criaient aussi, tout comme moi. Sans oublier Boum Boum...

— *Prends la bébelle! Attention au machin! Lance!*

Une fois encore, l'horloge était notre ennemie. Une minute, puis 30 secondes, 15...

Dix secondes avant la fin du match, Olivier a réussi à renvoyer la rondelle en zone neutre d'un tir du revers. Les

Pingouins se sont rués vers elle, mais Benoît les a devancés. Il a dribblé, puis effectué la meilleure ou la pire passe que j'aie jamais vue. *Pire* parce que chaque Pingouin aurait pu allonger son bâton et l'intercepter. *Meilleure* parce qu'ils ont été si surpris qu'aucun d'eux n'a réagi.

La rondelle a glissé dangereusement entre les jambes des cinq Pingouins pour aller frapper la palette de Jean-Philippe, à la ligne bleue.

— Vas-yyyyyyyyyy! ai-je hurlé dans le tumulte.

Il est parti en échappée.

| | | | | | **_Chapitre 16_**

Seul le gardien des Pingouins séparait notre ailier de notre unique chance d'obtenir une prolongation.

Jean-Philippe a foncé vers le filet.

— Nooon! a crié Rémi, désespéré, en jetant son bâton vers lui.

Le bâton a glissé entre les patins de Jean-Philippe et frappé la rondelle. Les Flammes et leurs partisans ont réclamé une pénalité. L'arbitre a levé le bras. Quand son sifflet a retenti, il ne restait qu'une seconde de jeu.

Boum Boum était penché par-dessus la bande comme une panthère sur le point de bondir.

— Il a lancé son machin! beuglait-il. C'est un... Oubliez ça, s'est-il aussitôt ravisé.

— Non, vous avez raison! s'est exclamé l'arbitre. C'est un lancer de pénalité!

Il a jeté un coup d'œil à Jean-Philippe, et n'a pu retenir

un ricanement.

— Hé, je te reconnais! Tu sais quoi, le jeune? Tu viens d'obtenir un autre lancer de pénalité!

Son hilarité était contagieuse. Qui aurait pu oublier la performance de Jean-Philippe au premier match? La nouvelle s'est répandue comme une traînée de poudre.

— C'est lui! C'est le même joueur!

— Celui qui a perdu son équipement!

— Peut-être qu'il va se retrouver *tout nu*!

Bientôt, tous les spectateurs s'esclaffaient, y compris ceux de Mars.

J'étais horrifié :

— Ne voient-ils pas que l'avenir des Flammes est en jeu?

L'entraîneur a essayé d'être pragmatique :

— Écoute, Jean-Philippe. Ne t'en fais pas si tes trucs tombent...

— Ça va, monsieur Blouin, l'a interrompu Jean-Philippe d'une voix excitée. Je me suis entraîné.

— Où ça? a demandé Jonathan

— Dans l'allée, devant chez moi, a répliqué Jean-Philippe. Avec mes patins à roues alignées et une balle de tennis. C'est mon chat qui était le gardien.

Je ne prenais pas beaucoup de notes à ce moment-là, mais il fallait que j'inscrive *ça* dans mon carnet. Si le magazine *Sports Mag* voulait quelque chose d'original, quelques déclarations de Jean-Philippe Éthier seraient tout à fait indiquées.

Une fois encore, la rondelle a été déposée au centre. La foule est soudain devenue silencieuse. J'ai essayé d'écrire quelque chose au sujet de l'ambiance glaciale, mais ma main tremblait tellement que j'ai gribouillé sur toute la page. Voilà à quel point c'était intense!

Jean-Philippe s'est élancé avec la rondelle. Le crissement de ses patins qui mordaient la glace raboteuse était le seul bruit qu'on entendait. Je crois que toute l'équipe s'attendait à ce que ça tourne mal, alors quand il est arrivé au but en un seul morceau, nous nous sommes tous mis à crier. Dès qu'il a frappé, j'ai su que le lancer était trop élevé. La rondelle est montée à angle aigu au-dessus du gant du gardien, frappant la barre horizontale avec un bruit métallique. Sauf que, au lieu de rebondir en s'éloignant, elle est retombée à plat sur la glace, à un centimètre à l'intérieur de la ligne de but... 5 à 5.

Les Flammes et les Pingouins allaient en prolongation!

Le discours de Jean-Philippe a été long et emphatique.

— Vous aviez dit que les lancers de pénalité n'étaient pas importants, a-t-il déclaré à l'entraîneur. Mais j'ai toujours su qu'ils l'étaient.

— Oui, Jean-Philippe, a répondu patiemment Boum Boum.

Pendant ce temps, les Pingouins s'échauffaient, faisaient des étirements pour être bien détendus pendant la période supplémentaire.

— Vous ne vouliez pas que je m'entraîne à faire des

lancers de pénalité, a poursuivi Jean-Philippe. Heureusement que je ne vous ai pas écouté! Heureusement que j'ai des patins à roues alignées et un chat…

Boum Boum et les autres joueurs restaient simplement là, à l'écouter. Ils ne se seraient pas plaints même si Jean-Philippe les avait battus avec son bâton. Grâce à ce lancer de pénalité, ils allaient en prolongation avec le vent en poupe.

Lorsque la période supplémentaire a commencé, les Pingouins électriques se sont remis à jouer comme des champions. Dès la mise au jeu initiale, ils ont repoussé l'action dans la zone des Flammes. Jonathan a dû effectuer quelques arrêts clés pour sauver son équipe. Les Flammes ne réussissaient toujours pas à dégager la zone.

Olivier a fait un lancer frappé percutant en direction du coin supérieur du filet. Kevin a surgi de nulle part et s'est jeté héroïquement devant le filet. Le tir cinglant a heurté de plein fouet son rétroviseur, qui s'est détaché. Jonathan a pris un risque : s'élançant dans un saut de l'ange, il est sorti de sa position pour immobiliser le jeu. En constatant qu'il n'y avait pas de coup de sifflet, il a ouvert son gant. Il avait attrapé le *miroir*, pas la rondelle! Cette dernière était allée se loger derrière le filet. Kevin s'est précipité pour aller la chercher.

Il est revenu à reculons, mais quand il a voulu jeter un regard dans son rétroviseur, il s'est aperçu qu'il n'était plus là.

Crac!

Deux Pingouins l'ont plaqué contre la bande. Olivier s'est emparé de la rondelle libre et a exécuté un lancer levé vers le filet. Jonathan a bondi pour la bloquer, mais Rémi s'est jeté sur lui. La rondelle a atterri derrière Jonathan, à un demi-mètre du filet désert! Jonathan est retombé sur le dos, en plein sur la rondelle.

Tout ce qui séparait les Pingouins d'un but gagnant en période de prolongation était le pauvre Jonathan. Cinq Pingouins ont fondu sur lui comme des requins affamés, luttant, plaquant et frappant à qui mieux mieux. Une fraction de seconde plus tard, les Flammes se jetaient dans la mêlée. Alexia a heurté Rémi, qui a lourdement atterri sur Jonathan. Tout ce qu'on voyait, c'était une masse grouillante de corps, de bâtons, de gants, de petites boules roses...

De petites boules roses?

— Mes ultrarachides! ai-je hurlé.

Toute cette bousculade devait avoir défait la fermeture éclair du plastron de Jonathan.

Jean-Philippe a été le premier à trébucher sur les bonbons répandus sur la glace. Il a renversé Olivier, qui a entraîné Alexia dans sa chute. C'était comme un film comique des années 1920. Sauf que ces vieux films étaient muets. Imaginez des centaines de spectateurs qui hurlent pendant que les joueurs glissent et trébuchent sur des ultrarachides. Même les arbitres n'arrivaient pas à rester debout.

Puis je l'ai vue. J'en ai oublié mes 40 gros bonbons durs

perdus. J'ai crié :

— La rondelle!

Elle était juste derrière la jambière gauche de Jonathan, tel un gros point noir parmi les petites taches roses.

— Où ça?

Tous les joueurs ont tenté de se remettre debout, la plupart glissant et retombant aussitôt. Cédric est parvenu le premier à la rondelle. Il s'en est emparé et s'est élancé sur la glace. Les cinq Pingouins se sont relevés pour se lancer à sa poursuite. Quel spectacle! Cédric Rougeau en échappée spectaculaire, avec son ancienne équipe à ses trousses! C'était un moment crucial et il n'allait pas se laisser plaquer par-derrière. Il a foncé vers le gardien des Pingouins comme s'il était propulsé par une fusée.

Le gardien connaissait bien Cédric. Il s'attendait probablement à un « spécial Rougeau », c'est-à-dire une feinte du revers. Et c'est exactement ce qu'il a fait. Mais ensuite, d'un geste vif comme l'éclair que je n'oublierai jamais, il a fait glisser la rondelle en arrière pour effectuer un coup droit qui a projeté la rondelle dans le filet en contournant le gardien.

Pointage final : 6 à 5 pour les Flammes.

L'équipe des Flammes de Mars n'était pas seulement compétitive : elle venait de battre les champions invaincus de la ligue!

Il y a eu un chahut monstre. Je ne me souviens pas de tout ce qui s'est passé, parce qu'une partie de mes notes a été déchiquetée dans l'excitation générale. On aurait dit un mélange de réveillon du Nouvel An, de Mardi gras et de défilé de la Coupe Stanley. Les partisans des Flammes ont sauté par-dessus la bande. Boum Boum a fait un tel bond qu'il aurait pu établir un record de saut en longueur. Quand il a atterri sur la glace, ses pieds se sont dérobés sous lui. Il est tombé sur la tête et s'est évanoui. Les joueurs, qui sautaient, dansaient et criaient, ne s'en sont même pas aperçus.

Dans la vague de spectateurs qui déferlait sur la patinoire se trouvait ma mère. Comme tout le monde, elle trébuchait et glissait sur la patinoire. Elle a aperçu une ultrarachide à quelques centimètres de son pied. Elle l'a ramassée pour l'examiner, puis l'a reniflée et testée du bout des dents. Je pouvais presque voir son cerveau fonctionner comme un ordinateur : objet non identifié = gros bonbon dur.

Vous pouvez imaginer le reste...

— *Clarence!*

J'étais fichu.

Chapitre 17 ||||||

UNE REMONTÉE SPECTACULAIRE
POUR LES FLAMMES DE MARS

par Clarence « Tamia » Aubin
journaliste sportif de la Gazette

Au cours du plus passionnant, excitant, fantastique, incroyable match de l'histoire du hockey, les Flammes des Aliments naturels de Mars ont échappé à l'élimination en infligeant aux Pingouins leur première défaite en deux saisons. Cédric Rougeau a exécuté son tour du chapeau après 3 minutes 21 secondes en période de prolongation. Le jeu a été compliqué car la glace était couverte d'ultrarachides appartenant à une personne inconnue...

Cédric a levé les yeux de ma copie de la Gazette.

— Une personne inconnue? Le monde entier sait qu'elles étaient à toi!

138

— Pas ma mère, ai-je répliqué. Je lui ai dit qu'elles étaient tombées mystérieusement de la resurfaceuse.

— De la resurfaceuse? a-t-il répété, incrédule.

— C'était mieux que l'autre mensonge que j'avais préparé, et qui faisait allusion à des grêlons, ai-je répondu en haussant les épaules. De toute façon, elle a dû me croire, parce que nous avons conclu une entente. Je vais me brosser méticuleusement les dents et utiliser la soie dentaire pendant six mois. Si je n'ai pas trop de caries à mon prochain rendez-vous chez le dentiste, elle me laissera avoir deux gros bonbons durs par semaine.

Nous étions dans l'autobus municipal, en route vers Mars. Nous revenions de la réunion où M. Fréchette avait annoncé que les Flammes faisaient officiellement partie de la ligue.

Cédric a désigné ma joue :

— Qu'est-ce que tu mâches?

J'ai ouvert la bouche pour montrer mon morceau de gomme.

— De la gomme sans sucre. Ça goûte l'élastique.

Nous avions décidé d'aller annoncer la nouvelle à Boum Boum. L'entraîneur avait souffert d'une commotion cérébrale causée par sa chute sur la glace. Ce n'était pas très grave, mais comme un vieil ami de Montréal lui avait rendu visite, il avait décidé de ne pas venir à la réunion. Ce n'est pas comme si nous avions des doutes quant à l'issue de la réunion. Si on avait jugé que l'équipe des Flammes n'était pas assez compétitive, il aurait fallu avouer que les

Pingouins ne l'étaient pas non plus, puisque nous les avions battus. Et si on avait voulu nous mettre à la porte, il aurait fallu faire la même chose avec les Pingouins et toutes les équipes vaincues par ces derniers. Cela aurait donné une bien petite ligue.

Cédric m'a rendu mon journal.

— Qu'en dit Mme Spiro?

— Elle m'a accordé un C plus, ai-je répondu avec un haussement d'épaules. Elle dit que je parle beaucoup trop de bonbons durs. Tant pis. Ce n'est pas encore terminé.

— Mais oui! a protesté Cédric.

— Notre projet de recherche est peut-être terminé, ai-je expliqué, mais la saison vient à peine de commencer. Les Flammes sont la meilleure équipe Cendrillon de toute l'histoire du hockey! Je vais vous suivre toute la saison pour raconter votre histoire au monde entier!

— Aux élèves de notre école, tu veux dire! a lancé Cédric en riant.

— Pour l'instant, ai-je admis. Mais tu verras. Si vous n'aviez pas seulement 12 ans, le magazine *Sports Mag* me supplierait de lui donner l'article que Mme Spiro considère comme digne d'un C plus.

— Alexia et moi avons obtenu un A pour notre travail, m'a dit Cédric. Nous formons une bonne équipe, sur la glace et hors de la patinoire. Qu'en penses-tu? a-t-il ajouté en toussotant.

Je l'ai toisé :

— J'ai des pages et des pages qui décrivent vos

chamailleries. Si vous avez l'intention de devenir de grands amis, je vais devoir tout réécrire!

En descendant de l'autobus, nous avons couru jusqu'au magasin d'aliments naturels. J'ai couru à toutes jambes, mais Cédric m'a distancé sans problème.

Il est entré dans le magasin avant moi.

— C'est officiel! s'est-il exclamé. Nous sommes dans la ligue pour de bon!

Des cris de joie ont fusé dans la boutique.

— Vous auriez dû voir M. Fréchette quand il l'a annoncé! ai-je ajouté d'une voix essoufflée. Son visage était de la couleur de la goulasch de Mme Blouin!

Toute l'équipe était rassemblée autour de Boum Boum, dont le crâne chauve était couvert d'un pansement blanc. Il a baissé la tête pour ne pas se faire heurter par ses joueurs qui se tapaient dans la main avec enthousiasme.

Jonathan et Alexia se donnaient des claques dans le dos. Jean-Philippe s'est juché sur les épaules de Carlos en faisant le V de la victoire. Ce n'est que lorsque Benoît a fait trébucher Carlos, entraînant ainsi les deux amis sur le sol, que j'ai pu voir l'ami de l'entraîneur, assis à côté de lui.

Je suis resté bouche bée. Je n'en croyais pas mes yeux.

C'était Guy Lafleur. Le *vrai* Guy Lafleur. L'ailier droit légendaire intronisé au Temple de la renommée! Le premier joueur dans toute l'histoire de la LNH à récolter au moins 50 buts et 100 points au cours de six saisons consécutives! J'étais transporté!

Les pensées se bousculaient dans ma tête. Comment se

faisait-il que Boum Boum connaisse l'incroyable Guy Lafleur? La réponse était évidente : notre entraîneur avait joué à Montréal dans les années 1970! Bien sûr qu'il connaissait Guy Lafleur! Ils avaient été coéquipiers.

Cédric s'est précipité vers notre illustre visiteur et lui a demandé un autographe. Je dois dire que Guy a été très gentil.

— Avec plaisir, Cédric. J'ai beaucoup entendu parler de toi. Félicitations pour ton tour du chapeau de samedi!

Cédric rayonnait littéralement pendant que son idole apposait sa signature sur un bout de papier. En me voyant arracher une feuille de mon carnet, Guy a tendu la main :

— Veux-tu que je te signe ça, mon garçon?

— Pas exactement, ai-je répondu.

J'ai craché mon horrible gomme sans sucre et sans goût sur le papier, l'ai chiffonné et l'ai lancé dans la poubelle.

Je me suis tourné vers Guy, qui avait l'air stupéfait. C'était probablement la première fois que quelqu'un crachait dans un papier qu'il s'apprêtait à signer.

— Vous allez peut-être trouver ça bizarre, ai-je déclaré, mais il y a un colis pour vous au bureau de poste.

— Pour *moi*? a-t-il dit, estomaqué.

— Heu, c'est une longue histoire, ai-je bredouillé. Je vous expliquerai en route.

Croyez-le ou non, il a tendu la main vers son manteau.

Alors, moi, Tamia Aubin, j'ai marché jusqu'au bureau de poste avec le grand Guy Lafleur pour aller chercher mes fameuses Boules-en-folie.

Dans un monde où les Flammes de Mars peuvent battre les puissants Pingouins électriques, je suppose que tout est possible!

Quelques mots sur l'auteur

Lorsqu'on demande à Gordon Korman où il a puisé son inspiration pour écrire *Les Flammes de Mars*, il répond : « J'ai commencé à jouer au hockey quand j'avais sept ans. J'adorais cela, mais je me suis toujours retrouvé dans des équipes commanditées par des entreprises aux noms qui faisaient honte, comme Service de nettoyage Restez propres et Restaurant Au poisson flottant. Je me souviens, une année, il y avait beaucoup de joueurs très costauds dans notre équipe, aussi, nous pensions que nous pouvions passer pour « les durs » de la ligue… jusqu'à ce qu'on nous distribue nos chandails : Peinture et papier peint Jolie Polly! »

Gordon Korman est l'un des auteurs canadiens préférés des jeunes. Il a plus de 50 ouvrages à son actif, notamment des collections. Il habite actuellement à New York avec sa femme, qui est enseignante, et leurs trois enfants.